■ 全民微阅读系列

孤独的英雄

GUDU DE YINGXIONG

刘万里 著

江西高校出版社
JIANGXI UNIVERSITIES AND COLLEGES PRESS

图书在版编目（CIP）数据

孤独的英雄 / 刘万里著. — 南昌：江西高校出版社，2017.1（2021.1重印）
（全民微阅读系列）
ISBN 978-7-5493-5037-7

Ⅰ. ①孤… Ⅱ. ①刘… Ⅲ. ①小小说—小说集—中国—当代　Ⅳ. ① I247.82

中国版本图书馆 CIP 数据核字（2017）第 017561 号

出版发行	江西高校出版社
社　　址	江西省南昌市洪都北大道96号
总编室电话	（0791）88504319
销售电话	（0791）88592590
网　　址	www.juacp.com
印　　刷	永清县晔盛亚胶印有限公司
经　　销	全国新华书店
开　　本	700mm×1000mm 1/16
印　　张	14
字　　数	160千字
版　　次	2017年1月第1版 2021年1月第2次印刷
书　　号	ISBN 978-7-5493-5037-7
定　　价	45.00元

赣版权登字 -07-2017-47

版权所有　侵权必究

图书若有印装问题，请随时向本社印制部（0791-88513257）退换

目录

第一辑　今古传奇 / 1

水妞 / 1

一诺千金 / 4

红狐 / 7

视死如归 / 10

1944 年的三爷 / 13

东条直子 / 16

最后一个太监 / 20

七品芝麻官 / 23

复仇 / 26

孤独的英雄 / 29

画家 / 32

人品机器 / 34

一个人的移民史 / 37

我在漩涡等你 / 41

第二辑　校园春秋 / 45

老校长 / 45

开满野菊花的山岗 / 49

领导抱过的孩子 / 52

苦瓜小学 / 54

沉重的代价 / 57

天才 / 59

程序 / 62

得意门生 / 66

偷睽 / 68

山垭狗蛋乌龟 / 71

简单与复杂 / 73

第三辑　人生百味 / 76

捉猴记 / 76

手莫伸 / 79

选择 / 82

同学聚会 / 86

两盒月饼 / 89

变脸 / 92

书法大家 / 95

最美的善举 / 98

错爱 / 101

梦醒时分 / 104

用钱砸死你 / 107

老井 / 110

收获 / 113

俘虏 / 116

鲁山花和瓷瓶 / 119

怎么会这样 / 122

癌症村 / 125

第四辑　荒诞笔记 / 129

梦城的老桃树 / 129

疯狗为啥咬贪官 / 132

流浪的心 / 135

名人树 / 138

名人树的插曲 / 142

圈 / 145

套 / 149

兽 / 152

能人 / 156

离婚公司 / 158

柳含烟 / 162

演员 / 165

自杀学校 / 168

爆炸之谜 / 172

狼心狗肺 / 175

魔衣 / 178

紧急行动 / 181

第五辑　世相百态 / 185

蓝宝石戒指 / 185

红尘有爱 / 188

野人 / 192

杀死你狗日的 / 195

寻找小偷 / 198

集体主义 / 201

红包 / 204

卧底 / 207

不是我放的屁 / 210

发财 / 213

飞来横财 / 215

第一辑　今古传奇

　　独特的题材、精彩的故事和传奇的人物将传奇性、通俗性、大众性和稀缺性熔于一炉，演绎了一曲曲人间的悲欢离合，恩恩爱爱……

水　妞

　　水妞长得像仙女一样漂亮，村里多少后生都为她脸红和心动，但水妞却看上了邻村的狗三。

　　民国年间，凤凰山一代土匪猖獗。匪首是个黑脸大汉，人称黑旋风。土匪烧杀强掳，奸淫妇女，无所不为，人们对黑旋风恨之入骨。

　　江边上住着一位老头，他有一女名叫水妞，水妞长得像仙女一样漂亮，村里多少后生都为她脸红和心动，但水妞却看上了邻村的狗三。就在他们准备结婚时，狗三被国民党抓壮丁抓走了。狗三一走便无音讯，也不知是死还是活。

　　水妞每天黄昏站在村口泪水涟涟。面对土匪的猖獗，她组织了妇女和姑娘舞剑弄棒，以防万一。

孤独的英雄

一个天黑风急的夜晚，黑旋风带着土匪闯进了水妞的家，水妞拼命反抗，但还是被土匪抓走了。

水妞被押进了山寨，捆在屋中的一根大柱子上。黑旋风嬉皮笑脸地说："你是我见到世上最美的人，只要你跟了我，我让你当'压寨夫人'，享不尽的荣华富贵。"水妞吐了一口口水在黑旋风的脸上，"我死也不嫁给你。"黑旋风抹了抹脸上的口水笑着说："有个性，我喜欢，我从不强人所难，给你三天时间考虑。"水妞想，落入虎穴，想逃跑是不可能的，既然死，也不能便宜了黑旋风，要为姐妹们报仇，只有委屈求全，等有机会再杀黑旋风。

三天后，黑旋风说："想通没有？如没想通我立马就杀了你。"水妞说："嫁给你，但你要答应我几个条件。"黑旋风说："只要你肯当'压寨夫人'，我什么条件都答应，请讲。"水妞说："让你的手下今后再不乱杀无辜的老百姓，再不奸杀妇女。"黑旋风笑着说："我答应你。"

转眼一年过去了。黑旋风真的再也不乱杀无辜和奸淫妇女。水妞每天强装笑脸，她一直在寻找机会杀了黑旋风和他的手下。水妞就想到了毒药。

水妞对黑旋风说："我一年没回家了，我想独自一人回家去看看父母。"黑旋风说："你想要逃跑？"水妞说："我要走，早就走了，何必等到今天。"黑旋风说："我相信你，早去早回。"

水妞就去县城买毒药，县城空荡荡地没见一个人，家家门都关着，水妞感到很奇怪。这时，她看到一个老女人，老女人见到水妞就匆匆把门关上了。水妞想问个明白，就去敲门，敲了半天门才开。老女人盯了水妞一会，说："姑娘，你快走，日本人占领了县城，杀人放火，还专抢姑娘，简直比土匪还厉害。"老女人说完就关上了门。

水妞就抄小路朝家里赶，她家在乡下。水妞来到村庄，村庄里躺着无数的尸体，房屋被烧成一片狼籍，有几家还冒着烟。水妞腿有点软，她家的房予也倒塌了，她哭喊着："爹！你在哪里？"墙角传来了呻吟声，水妞跑了过去，原来是她爹，她扑了上去紧紧抓住爹的手哭着说："是谁干的？"她爹吃力地说："是日本人干的。你还活着，我就放心了。"老人说完就断了气。水妞扑在她爹的身上大哭不止。

水妞红着双眼回到山寨。黑旋风问："是谁欺负了你。"水妞就把前因后果说了出来，说毕扑在黑旋风的怀里说："你要为我报仇。"黑旋风说："我一定会为你报仇，日本人竟敢在我们的地盘上撒野，我要让狗日的日本人知道我的厉害。"

第二天，黑旋风带着土匪们下山了。

几天后，黑旋风满身是血的回来了。黑旋风说："我杀了不少日本人，还抢了不少枪支弹药。"水妞欢天喜地，亲自下厨做饭菜，庆祝他们凯旋而归。

一天，土匪押着一个白脸小子来到了山寨，白脸小子嚷道："我是来和你们谈判的，放开我。"黑旋风笑着说："笑话,跟我谈什么判？"白脸小子说："实话告诉你吧，我是国军的连长，日本人叫你跟着他们

干，好处大大的。"黑旋风说："妈的，你原来是个卖国贼，拖出去毙了。"白脸小子大声喊道："我要见水妞。"水妞出来后，久久地盯着白脸小子，说："你是狗三？"白脸小子说："我就是狗三。"黑旋风手一挥，他和土匪们全退了下去。

水妞和狗三来到了山顶，皓月当空，山风习习。

水妞偎在狗三的怀里说："我还以为你死了呢？"狗三说："别说不吉利的话吧，我现在是国军的连长，这次日本人派我来说服黑旋风投降。只要你能帮我说服黑旋风，等黑旋风一投降，然后我就

杀了他。等国民党和日本人共同消灭八路军后，我们就结婚。"水妞说："日本人才是坏人。"狗三说："好了，我不跟你吵了，我把我的枪给你，如果说服不了黑旋风，就把他杀了。"水妞握着枪发呆，然后说："你变了，你不是以前的狗三了。"狗三说："人在江湖，身不由己啊！我等你的好消息。"狗三转身就走，水妞就把枪指向了狗三，狗三一步一步朝前走，水妞扣动了扳机，枪响了，狗三转身望着水妞，睁着恐怖的大眼，水妞连开三枪，狗三倒下死了。

　　黑旋风听见枪声跑了上来，水妞扑在他怀里哭了。

　　日本兵朝山寨发起了进攻，由于地势险恶，他们久攻不下，就封锁了下山所有通道，他们想困死黑旋风。

　　一个月后，日本兵再次发起进攻。黑旋风和手下已是弹尽粮绝，日本兵很快攻破了山寨。黑旋风面对冲上来的日本兵，说："弟兄们，上！"他挥舞着大刀冲进敌群，疯狂的乱砍。黑旋风身中数枪，他成了一个血人，最后终于倒下了。

　　水妞面对黑压压的日本兵，她点燃了身上的炸药包冲进敌群，随着一声巨响，凤凰山归于一片平静。

　　解放后，当地老百姓在凤凰山顶立了一块碑，上面写着"抗日英雄水妞之墓"。（原载《传奇故事》《百家故事》等）

一诺千金

　　荷花红着脸脱下了他的湿衣服，脱的一丝不挂，荷花在仔细瞧他的脸，是一张英俊年青的脸，荷花的脸更红了。

　　荷花推开了门，一朵又一朵的雪花落在她脸上，她打了一个冷战，整理了一下衣服，然后闩上门去给爷爷送饭。爷爷在山上狩猎。

荷花踩着积雪，空旷的山野里她听到了天籁的声音。突然她被什么东西绊了一下，她感到很软，不由得惊叫一声，地上躺着一个人，身子被雪盖住了，只露出了一张脸。荷花转身想跑，但她又大胆的站住了，她走过去掀开那人身上的雪，一摸胸口还在跳。荷花背起那人就朝回走。

荷花红着脸脱下了他的湿衣服，脱的一丝不挂，荷花在仔细瞧他的脸，是一张英俊年青的脸，荷花的脸更红了。荷花把那人放在自己的床上，给他盖上被子，然后坐在那里发呆。过了一阵，荷花把手伸进被子一摸，那人浑身冰冷。荷花想用体温暖他，她飞快的脱下衣服钻进被窝，伸开双臂抱紧了他。

不知过了多久，那人终于醒了，他睁开眼看到了怀里有一位漂亮的姑娘，脸不由得变的通红，他说，你是……

荷花见那人醒了，长长松了一口气，她想到自己还是光身子，红着脸说，快把你的眼睛闭上，不准偷看。荷花立马穿衣下床，心还在嘭嘭地跳。

小伙子说，谢谢你的救命之恩。

荷花问，看你是个外地人，怎么跑到这大山里来了。

小伙子说，我迷了路，遇到狼的袭击，再加上又饿又累就晕倒在荒山野岭里。

荷花弄了一碗姜汤给他。她说，我爷爷是一位郎中，等他回来给你煎几副药一吃，就没事了。

天黑时分，爷爷带着一身雪回来，他手上还提着一只野兔。老人是一位好客之人，立马给小伙子煎了药，还给他上了一些外伤药。在荷花无微不至的照顾，小伙子的伤终于好了。

大雪初停，阳光迷人。老人带小伙子去山上打猎，猎狗在前面

孤独的英雄

跑，小伙子扛着枪紧紧跟在老人后边。老人说，到现在我还不知道你贵姓呢？小伙子说，我姓共，共产党的共，你以后叫我小共就行了。这时一只野兔出现在他们的视野中。老人说，把枪给我。小共说，让我试试。他抬起枪，随着一声枪响，野兔立即倒在地上，猎狗跑过去把死兔叼了过来。老人说，好枪法。

随后的日子，小共心事重重。这一切都被荷花看在眼里，她说，你是不是有心事？小共说，没有啊。荷花生气了，说，我救了你，你却把什么事都瞒着我，早知如此不该救你。我问你，你身上受的是枪伤，为什么你要说是摔伤呢？小共叹了一口气，说，你们是好人，我就直说了吧，我是一位红军战士，在长征途中遇到了国民党的围剿，在突围中我走散了——荷花认真的听着，美丽的大眼一闪一闪的。

山上的积雪慢慢开始化了，小共知道离别的日子也快到了，他心里对荷花和老人充满了依恋。小共站在山顶，望了一眼月牙儿，不由得叹了一口气，就在他叹气的时候，荷花站在了他的身后。小共也感触到了荷花的气息，他不敢回头，不敢看荷花的脸，他说，我明天就要走了，我要去延安。荷花说，你不用说，我早就知道了。荷花突然伸出双手，从背后抱住了小共，小共听到了荷花的哭泣声。小共没吱声，此刻他感到说什么都显得那么苍白无力，他默默握住了她的手。

荷花说，带我一起走吧。小共没吱声，荷花又说，带我一起走吧。小共还是没吱声。荷花生气了，使劲一推，小共一个趔趄，但立即站住了。荷花说，你是哑巴是不？我一个大姑娘用体温来救你，你知道我要承受多大的压力和风险？反正你已碰了我的身子，我已是你的人了。小共转过身来说，如果你喜欢我，就等我，等革命成功后，我就来找你。荷花说，你让我怎么相信你呢？小共说，我是共产党员，我以共产党的名义向你承诺。荷花笑了，说，我相信你，相信共产党！

两人紧紧拥抱在一起，直到鸡啼天晓。

小共说，我该走了。荷花沉思了半天，才说你走吧。小共头也不抬的走了，他不敢回头，他怕看见荷花眼中的泪水。他翻过一座山，情不自禁的还是回了头，荷花在向他挥动着手中的白手巾，他的泪水夺眶而出。

小共一走就是15年。

新中国成立的那年冬天，一位跛子将军举着拐杖来到了小山村。将军打听一位叫荷花的女人，他终于找到了荷花。荷花呆呆的望着军人，然后扑了过去说，你终于回来了。将军说，因为我是共产党，共产党说过的当然要算数。两人在拥抱的那一瞬间，雪花就开始纷纷扬扬地落了下来，两人变成了雪人，最后终于变成了一个雪人……

（选自《传奇故事》）

红　狐

多年修炼，我吃遍各种草药，所以我身上充满了剧毒。杀我者必死！

唐生进京赶考，翻越秦岭时，突降大雪，瞬间小道就被大雪覆盖了。

连绵的群山一片雪白，目光所及没见一个村庄，天色已晚，晚上在哪过夜，他忧心忡忡。

突然眼前出现一团红，红的耀眼，他仔细一看，是只红狐，红狐走路一瘸一拐，流着血，红狐的眼睛里露出求救可怜的目光，唐生的心颤抖了一下，就在此时，一只大灰狼追了上来，只扑红狐。

孤独的英雄

唐生捡起地上的木棍狠狠砸向大灰狼的头，大灰狼摇晃了一下，掉头扑向唐生，唐生又是一棒打在大灰狼的头上，大灰狼挣扎了一下就倒下了。

唐生抱起红狐，他捂摸了一下红狐光顺柔滑的毛发，他看了看红狐受伤的腿，掏出手帕包扎它的伤口，然后放下了红狐。红狐一步一回头，有点依依不舍。

"走吧！"唐生挥了挥手，他望着红狐消失在树林里。

唐生拍了拍身上的雪花，继续赶路。他翻过一座山，突然看见了灯光，心中大喜，直奔灯光而去。

他敲了敲门，门应声而开，他看见一个天仙般美女坐在床上，旁边的火炉上热着一壶酒。

唐生真要退出，美女开口了，"绿蚁新醅酒，红泥小火炉。晚来天欲雪，能饮一杯无？"

"好啊！"唐生停住了脚步，没想到在荒山野岭里竟能遇到有如此雅兴的女子。

"你是进京赶考的秀才吧？"

唐生点了点头，"我这是第5次进京赶考，这次再考不上，我就无脸见江东父老了。"

女子给他递上酒，步子有点蹒跚，"喝喝酒，暖暖身子。"

唐生接过酒一口干了，"好酒。"

女子笑了笑，"那就再喝一杯吧。"

唐生连喝了三杯，有点飘飘软了，女子坐在床上，眼里充满了柔情，她的目光仿佛如钩子，唐生走了过去，拥住了她……

唐生醒来看见身边的女人，大惊，"你是谁？"

女子笑了笑，"你是我的救命恩人，为了报答你，我以身相许。"

唐生又一惊，"我是你的救命恩人？"

女子说，"是的，你看看我腿上的伤口，这是你的手帕。"

唐生吓得脸上顿时变了颜色，这个女人原来是红狐，他穿好衣服想逃离，越快越好。

女子说，"相公别走，听我把话说完。我是修炼了499年的红狐，再有一年，我就可以转世为人了，到时我们结婚，恩恩爱爱过日子好吗？"

唐生点了点头。

女子送了一程又一程，两人依依不舍分别。

唐生来到了大唐长安，参加了考试。

为了等待公榜，他决定暂时先在长安住下。私下里他听人说，当朝宰相是个贪官，要想榜上有名必须给他进贡。唐生家穷，如今连肚子都填不饱，哪有钱进贡？就在唐生绝望时，他听说宰相的母亲得了一种怪病，四处求医都没治好，江湖一位神医，给她开了一服药，但药引难找，药引就是红狐肉，而这红狐肉必须是来自纯红而没一根杂毛的红狐。宰相四处派人寻找，结果一无所获。宰相私下透露，谁要能找到这种红狐就赏他一个状元和金银财宝。

唐生想来想去，最后还是去了秦岭山。

红狐果然在等他，她见了唐生非常高兴，"考得如何？"

唐生闷闷不乐。

红狐笑着说，"你放心吧，我会为你疏通关系的。"

唐生说，"你一个女人，如何给我疏通？"

红狐笑而不答。

唐生说，"我从长安带了些稠酒，你尝尝，挺好喝的。"

红狐默许了。

唐生倒了一碗递给红狐，其实这不是稠酒而是雄黄酒，红狐喝完头有点晕，唐生扶她到穿上。一会儿，她现出了原身，一只红狐，

孤独的英雄

浑身没一根杂毛。唐生大喜，用绳子捆住了红狐。

红狐醒来后，大吃一惊，"你这是要干吗？"

唐生说，"我要把你献给宰相。"

红狐说，"实话告诉你吧，我已偷偷更换了你的试卷，状元非你莫属。求求你，放了我吧。"

唐生讥笑着说，"谁相信你的鬼话，我也实话告诉你吧，我等不及了。"

红狐嘤嘤哭了，"你把你送我的手帕拿走吧，我嫌它脏"

唐生带着红狐来到了宰相府，宰相见了红狐非常满意，当面承诺让唐生当状元。

张榜公布，唐生果然是状元。

唐生还没来得及高兴，就被抓了起来，关进了死牢，等待着死刑。原来宰相的母亲喝完这服药后，暴病而王，最后太医发现这药引有问题，药引有剧毒。

唐生在牢房，无意从身上掏出手帕，只见上面写着几行小字：我为你疏通关系，本来你就是状元，可惜你太贪了。多年修炼，我吃遍各种草药，所以我身上充满了剧毒。杀我者必死！落款红狐。

唐生一下倒在地上，爬起来后满嘴叽叽呱呱，他疯了……

视死如归

一只马蜂竟有这种视死如归、大义凛然的勇气和精神，爷爷想起了那天朝他猛扑过来的那些视死如归的马蜂，它们真像一个个小英雄……

第一辑　今古传奇

　　1941年的秋天，爷爷所在的八路军独立团打退了鬼子十几次的进攻，敌众我寡，鬼子如潮水般朝八路军涌来，爷爷看到身边的战友一个又一个倒下，爷爷心里打起了退堂鼓，他想到了年迈的父亲，想到了奶奶，想到了三个儿女，还有一个没见面的儿子，如果自己战死了，年迈的父亲、年幼的儿女今后怎么生活啊？爷爷想到了当逃兵，爷爷一想到当逃兵心理就难受，作为军人最耻辱的就是当逃兵。

　　残阳如血，鬼子密密麻麻又向独立团发起进攻，独立团剩下已不到一个连的兵力，在坚持下去，独立团估计要全军覆灭，团长知道大部队已全部转移，就下了撤退的命令。鬼子如潮水般冲了上来，爷爷朝脸上抹满了血，用一个血肉模糊的尸体放在自己身上，躺在死人堆里装死。

　　鬼子踩着尸体追了上去，枪声不断。

　　不知过了多久，枪声平静了，爷爷掀开尸体爬了起来，四周一片狼藉，没见半条人影，一弯月牙儿挂在天上。

　　爷爷脱掉八路军服装，捡起一把手枪，穿过几条战壕，然后奔向茫茫的大山。

　　经过几天的连夜奔波，爷爷终于在一个晚上回到了日思梦想的家乡。

　　村庄很静，弥漫着呛人的烟味，偶尔有几声狗叫，叫声很悲伤，让人听了很恐慌。爷爷翻过院墙来到了自己非常熟悉的家，但如今房子很破落，爷爷叫醒了祖爷，祖爷见了爷爷一惊，"你怎么回来了。"爷爷阴着脸没回答，目光落到一边，"妈、媳妇和娃呢？"祖爷眼里挂着泪水，"鬼子进村扫荡时，你媳妇被鬼子轮奸后割去双乳，最后她血流如注在痛苦中死去。"

　　"啊……"爷爷连说了几个啊，然后一屁股坐在地上。

　　祖爷说，"我怕鬼子再来扫荡，你妈带着几个孙子躲到山里去了，

孤独的英雄

我一个多病的老头子反正也活不了几天，没啥怕的就留了下来。"

爷爷望着窗外泪水涟涟。

爷爷一夜没合眼，天亮时他来到奶奶的坟前，爷爷跪了下来，"我来晚了，我来看你了……"

爷爷整天坐在奶奶坟前发呆，语无伦次，精神萎靡，爷爷感到了前途的迷茫，整天借酒浇愁。

一天，爷爷喝了点酒，爷爷在奶奶坟头号啕大哭，他心中充满了火，想找一个地方发泄，他看见奶奶坟旁的那棵大槐树上有一个脸盘大的马蜂窝，无数金黄的马蜂飞来飞去，爷爷拣起一个石头，很准的砸向蜂窝，蜂窝掉了下来，无数的马蜂飞了起来，还有好多直奔爷爷而来，爷爷脱下外套一边跑一边挥舞着衣服逐赶着马蜂，马蜂不依不饶的紧紧跟着爷爷，它们好像一架又一架孤注一掷的战斗机，爷爷被它们的气势吓坏了，爷爷的脸上被几只马蜂蜇了，爷爷痛的用双手挡住脸，还有几只马蜂紧紧跟随着爷爷，爷爷慌不择路，拼命奔跑，情急之下爷爷跳进一条河里，一头扎在水里。

当夜，爷爷发高烧，脸肿得像个大胖子。祖爷用酒醋凉毛巾等来处理，爷爷的脸依然像个气球，祖爷请来医生，吃了几副药，爷爷的脸才慢慢地变小，最后恢复正常。

过了几天，祖爷把马蜂窝当作礼物送给爷爷，爷爷接过后一看吓得大叫一声，马蜂窝掉在地上，几只死马蜂也飞了出来，落在爷爷脚前。爷爷脸色顿时变了颜色，转身想跑。

"别怕，它们已死了！"祖爷说。

爷爷站住了，惊恐稍定，但心还在通通跳。

祖爷说，"其实，马蜂蜇人后，它自己也就死了。"

爷爷说，"明知蜇人后自己也会死，哪它们干吗还要蜇人？"

祖爷意味深长地说，"你毁了它的家，它当然要跟你拼命，要跟你同归于尽！"

爷爷听了心里暗暗吃惊，一只马蜂竟有这种视死如归、大义凛然的勇气和精神，爷爷想起了那天朝他猛扑过来的那些视死如归的马蜂，它们真像一个个小英雄……面对马蜂的尸体，有种罪孽感沉重地压在爷爷心上。

第二天，爷爷走了，爷爷找八路军去了。

爷爷找到八路军后，打仗很勇敢，很快爷爷一路高升，从排长到连长，从连长到团长。爷爷打了不少漂亮的仗，特别是爷爷那套"马蜂精神"让爷爷战无不胜。

爷爷成了一位将军。

新中国成立后的第一个清明节，爷爷来到奶奶坟头。爷爷抬起头，看见了树上那马蜂窝，无数金黄的马蜂飞来飞去，爷爷突然面对马蜂跪了下来，爷爷只说了四个字"感谢马蜂"，然后就是长时间的沉默。

爷爷抬起头，天上几朵白云从群山飘过。

1944年的三爷

特别队迅速转移，钻入另一坐大山，鬼子像猎狗一样，紧紧尾随着特别队。

1944年的冬天，凤凰山大雪封山。

三爷所在的特别队被日本鬼子包围了，特别队砸桥梁、袭击鬼子车队、刺杀日本军官……特别队像个影子附在鬼子身后，弄得鬼子日夜不安，鬼子下了死命令，三月内要消灭特别队。经过三天三

孤独的英雄

夜的激战，特别队冲出重围。队长清点人数，突围前1000余人，现在只剩下100多人。

特别队迅速转移，钻入另一坐大山，鬼子像猎狗一样，紧紧尾随着特别队。

特别队踩着厚厚地积雪跟鬼子躲猫猫，特别是夜晚，他们不敢生火，寒冷的风像刀子一样刺着他们单薄的身体，手冻得连枪都握不住，他们拥挤在一起靠彼此的体温来取暖。一个受伤的队员怕拖累队伍，拉响了身上的手榴弹自杀了。

这枚手榴弹的响声，震得三爷的心也开始动摇了。

三爷看到每天都有队员死去，有的冻死，有的饿死，有的被鬼子冷枪打死，三爷想到自己随时都有可能像他们一样死去，他想到了乡下的老母亲和年幼的妹妹，自他参加八路军的特别队后他已跟她们失去了联系，转眼已是三年多了，三爷想立刻回到她们身边。

一天晚上，三爷负责站岗。这些山他非常熟悉，小时侯他经常在这一带放牛，砍柴。他知道翻过一座山，再翻过一座山，山脚下就是他的家。突然一个大胆的念头冒出他的脑海，当逃兵。只有逃跑，才能见到自己的娘。

三爷犹豫了好久，他放下枪，他知道特别队缺的就是枪和子弹，三爷悄悄离开特别队消失在夜里。

三爷翻过一座山，没想到踏入了鬼子的埋伏圈。

三爷被鬼子活捉了。

三爷被捆在树上，鬼子用鞭子抽打着三爷。刚开始三爷什么都不说，鬼子慢慢折磨着三爷，他们不想杀三爷，想让三爷跟他们带路去找特别队。

鬼子头目龟郎说，"只要你给我们当向导，我可饶你一死。"

三爷说，"你杀了我吧，我什么都不会说的。"

龟郎说，"我就不信你不张口。"

鬼子就用刀一刀一刀慢慢刮三爷的肉，三爷痛得晕死过去，鬼子就用冷水泼醒三爷，又刮。三爷忍受不了如此折磨，最后低下头说，"我答应你们。"

龟郎笑了。

三爷说，"但你们先要答应我的条件，我才能答应你们条件。"

龟郎说，"什么条件？"

"我要见我娘一面。"三爷知道自己凶多吉少，这也许是最后一面了。

龟郎犹豫了一下，最后答应了三爷的条件。

鬼子跟在三爷的身后，翻过山，来到了三爷的家。

三爷见了娘，扑了过去，泪水流了出来。

娘笑着说，"你终于回来了，回来就好。"

娘心疼地说，"你身上怎么到处都是伤？"

三爷笑了笑，"没事。"

娘说，"饿了吧，我给你做饭。"

三爷说，"不用了，队伍在山那边，我一会就出发。"

娘望了望窗外的山说，"你参加八路军打鬼子，我们全村人都为你高兴，都希望你多杀几个鬼子为乡亲报仇，你这次回来，怎么身后还有小鬼子？跟娘说实话，你是不是当了汉奸？"

三爷低下头，跪了下去。

娘转身擦了擦泪水说，"我怎么生了你这个孬种！"

娘突然撞墙而死。

三爷抱着娘嚎嚎大哭。

三爷心事重重地领着鬼子在山里转来转去。

龟郎说，"特别队的，哪去了？再找不到我就枪毙你。"

孤独的英雄

三爷说，"你放心，他们跑不远，我会找到他们的。"

三爷领着鬼子爬上了悬崖。

龟郎用怀疑的眼光望着三爷，"为何要上悬崖峭壁。"

三爷说，"山上有个洞，他们肯定藏在那里。"

上了山顶，龟郎没看见山洞。

龟郎说，"特别队在哪里？"

三爷靠近龟郎，用手指了指，"在那。"

龟郎伸长脖子，"在哪里？"

三爷突然夺下龟郎手上的枪，把龟郎推下悬崖。就在鬼子惊讶时，三爷手上的枪连续放倒几个鬼子。三爷子弹打完了，然后纵身一跃跳下了悬崖。

三爷的生命定格在1944年的那个黄昏那个叫老鹰崖上。

（原载《精短小说》等）

东条直子

她照父亲的吩咐，把微型相片装进药丸，然后切开自己的小腹，将药丸塞入腹腔，缝合，随即吞副大量药丸自杀——她心里明白，她的尸体连同胶卷都会送到父亲身旁。

东条直子是位非常漂亮的女孩。她站在橡皮艇上，海风扶起她的长发，在夕阳下，她更显得美丽和神秘。

陪同她的男友被东条直子的美丽感染，他呆呆的看着东条直子，这次他们是去执行任务，他们守侯在英国远洋侦察船巡视日本的必经之路。

东条直子的父亲是日本北海道感死队培训学校的校长,叫东条冥郎。东条冥郎为了效忠天皇,他早早就将目光盯在女儿东条直子身上,东条直子慢慢长大了,越长越漂亮,东条冥郎就送女儿学医,学完医后又送她去专门的特务学校学间谍,他要把女儿培养成大日本一流的间谍。

这次东条直子的任务就是要得到英国的潜艇技术,在父亲的安排下,东条直子接受手术,切除了一段阑尾,在腹腔内放上了一架微型照相机。英国的侦察船终如出现了,按照父亲的安排,在英国船出现时才能打开父亲给她的密封的纸团,东条直子悄悄打看了,"用匕首扎死男特工,假装因疲劳和寒冷昏迷过去……"东条直子看完后揉成一团扔进了海里。父亲让她要杀死自己的恋人,早知道如此她后悔让自己的恋人来当她的出手,他们一快长大,可以说是亲梅竹马,她如何下的了手啊,她泪水流了出来。

"你怎么了?"男友问。

东条直子擦了擦泪水,笑了笑,"没啥,第一次执行任务,又担心又害怕。"

"别怕,有我呢。"男特工拥抱着东条直子,擦去了她眼角的泪水。

眼看侦察船越来越近,再不动手就没机会了,东条直子拔出匕首刺向了男友的心脏,男友"啊"的一声倒在橡皮艇上,很快死去,东条直子扑在他身上哭了起来。她看英国侦察船快靠近他们了,立马躺在一边装死。

"快看,橡皮艇上有人。"

英国侦察船靠拢了,从船上跳下几个人。其中一人伸手摸了摸东条枝子的鼻子,见还有呼吸和体温,大声说,"她还活着。"

东条直子被抬到船上。

东条直子醒后说,"我这是在哪里?"

孤独的英雄

船长见她醒了，笑了笑，"我们是英国人，我们救了你，你在我们的船上。"

东条直子大声哭了起来，"我叫松岛长卷，父亲松岛平健是一名反对军国主义的国会议员，不久前父亲被军国主义分子暗杀，我被强征入伍，从事潜艇工作。为了报杀父之仇，我私下将日军最新的潜艇资料拍了下来，藏在匕首柄部，独自划皮艇投奔英国。小艇死去的那个男人就是日本派来追杀我的，被我杀死了。"

船长心里暗暗高兴，英国也在搞潜艇技术研究，他们一直想搞到日本的潜艇技术。

东条直子从身上拿出匕首，拧开匕首柄部，把资料递给了船长。

船长立马把这消息报告了上去，英国情报机关从日本各大报纸核实了松岛平健遇害的消息，看来东条直子说的一切都是真的，加上东条直子又慷慨地提供了有关日军潜艇的情报，船长对她格外信任，让人拿来吃的喝的让东条直子吃。

很快，东条直子被送到了英国。

皮尔船厂是英国最大的造船厂，当时正在秘密研制一种新的军用潜艇。东条直子提出了要到皮尔船厂去工作，早日为父亲报仇，一向谨慎的英国人同意了东条枝子的要求。

东条直子虽是日本人，但在工作上兢兢业业，一丝不苟，经常主动提出加班，在加上她对人非常友善，脸上常常挂满笑容，她的人缘特别好。

一天，东条直子为潜艇尾部设计跟同事们争论不休时，恰好新潜艇总设计师斯特伍思来了，东条直子谈了自己的改进想法，斯特伍思听了连说，"不错，不错。"

东条直子调皮一笑，"谢谢夸奖。"

其实，东条直子美丽的外表早已引起了斯特伍思的注意，他说，

"你就是松岛长卷,听说你对日本潜艇很有研究,你就来做我的助手吧。"

东条直子说,"真的么?"

斯特伍思笑了笑,"真的。"

东条直子说,"我也早想研制出新潜艇,早日为我父亲报仇。"

为了得到新潜艇的技术,东条直子强迫自己爱上了斯特伍思,斯特伍思是个单身,在东条直子强大的爱情攻势下,两人很快坠入爱河。每当夜深人静的时候,东条直子想起了死去的男友就暗暗落泪,他才是自己最爱的人啊。

1939年的圣诞节,新潜艇下水试行成功。

这天,东条直子和斯特伍思举行了婚礼。当婚礼喜庆达到高潮时,东条直子突然感到不舒服,她对斯特伍思说,"我老毛病又换了,这次恐怕不行了,我死后把我运到日本吧,我想安葬在父亲的身旁。"

斯特伍思抱住东条直子说,"你不能死,我送你去医院。"

东条直子笑了笑,"不用了。"然后闭上了双眼。

其实,新潜艇下水试行时,东条直子早已从肚子里取出照相机把潜艇的每个细节都拍了下来,并把一些相关情报都拿到手。她照父亲的吩咐,把微型相片装进药丸,然后切开自己的小腹,将药丸塞入腹腔,缝合,随即吞副大量药丸自杀——她心里明白,她的尸体连同胶卷都会送到父亲身旁。

东条直子突然死亡,引起了斯特伍思的注意,验尸官在验尸时,发现了东条直子的腹部有一道新的伤疤,伤疤虽不长,却足以引起人们的注意。验尸官将伤疤重新割开,发现了微型胶卷。

东条直子死后,日本人立即来讨要尸体。

斯特伍思刚开始不同意,最后勉强同意了把东条直子尸体交给日本红十字会。

孤独的英雄

不久，东条直子的尸体运到了日本。

东条冥郎看到了安卧在鲜花丛中的女儿，他扑了过去，泪流满面，然后哈哈大笑起来，"她就是我女儿，如今她带着大日本帝国所需要的情报回来了。"他仿佛看到了自己辉煌的前途，"女儿你原谅我，你为我立了功，为大日本立了功。"他拿出匕首，朝着东条直子的腹腔切了下去，在尸体腹腔内取出一颗药丸。无数日本情报官员都盯着东条冥郎，只见他小心把药丸剥开，突然"嘭"的一声爆炸，东条冥郎当场炸死，其他在场的日本人也有好几个被炸死炸伤。

原来，英国人把药丸里的微型胶卷扔掉，装上了烈性炸药。

东条直子做梦也许都没想到，她用自己的生命和爱情换来的却是这种结果。

最后一个太监

忠君的腿有点发软，他咬着牙不让自己倒下，当太监是他的梦想和希望，如今皇帝都被人赶走了，他的太监梦也将破灭……

太监阿三回到苦瓜村时，就像一颗炸弹在村里爆炸了。村民纷纷涌向阿三的家，阿三给家里带来了钱财布匹以及各种稀罕的东西。村民们好羡慕，恨不得也能让自己的孩子去皇宫当太监。

忠君的父亲也有这种念头，他想让儿子去当太监。忠君的父亲是个老实人，在村里经常被人欺负，如果儿子成了皇帝身边的人，谁还敢欺负他呢？他就给儿子做思想工作，说当太监如何如何好，年幼的忠君心动了。为了怕忠君痛苦挣扎，他就用绳子捆住了忠君的手脚，忠君就在痛苦嚎叫中被父亲用腌猪刀腌了。

几个月后，忠君的伤好后，他就在父亲的陪同下去京城找阿三，想让阿三推荐他也能当一名太监。当他们来到一峡谷时，清军正在和革命军交火，忠君的父亲拖着儿子的手就朝另一条路逃跑，在混乱中，忠君的父亲被革命军乱枪打死了。忠君爬下装死，他心里发誓一定要为父亲复仇，心里从此就埋下了对革命军的仇恨。后来，忠君经多方面的打听，才知道这支革命军的头领叫孙军。

忠君终于来到了京城，来到了皇宫门前，他对看门的人说："我要找阿三。"那人说："我们这里没有阿三。"忠君急了，说："我要当太监。"那人哈哈大笑起来，"清帝和太监都被赶走了，现在已是中华民国了。"忠君的腿有点发软，他咬着牙不让自己倒下，当太监是他的梦想和希望，如今皇帝都被人赶走了，他的太监梦也将破灭，准确的说是革命军打碎了他的梦，他咬牙切齿的用乡下最脏的话骂了革命军一句。

忠君开始流浪社会，后来他看见一个戏班，就跪下求人留下他，当时戏班缺一个跑腿的，就收留了他。忠君在戏班支戏台、搬工具……什么活他都干，深受老板喜爱。

一天，戏班来了一位浓眉大眼的小伙子，小伙子把忠君上下打量一番道，"你是刚来的。"忠君点了点头。小伙子说："你们老板在吗？"忠君说："在。"他领着小伙子去找老板。老板一见他，握着他的手说："孙军，你好，你好！"忠君心一颤，孙军不就是杀他父亲的仇人，也是打碎他梦想的人吗？忠君退在门外，躲在窗下听听他们在谈什么。孙军说："日本向袁世凯提出灭亡中国的《二十一条》，作为支持他做皇帝的条件。袁世凯为了做皇帝，他把中国置入水深火热之中，为了击碎他当皇帝的梦，在他上任的第一天搞庆祝时，你们戏班趁演出之时刺杀袁世凯……"忠君吓得连大气都不敢出，但他转念一想，如果袁世凯当了皇帝，那么他就还

孤独的英雄

有机会当太监。忠军偷偷溜了出去，他向袁世凯告了密。孙军和戏班老板被抓了起来，他们被押上刑场时，忠军内心里开心极了，他终于为父亲报了仇，同时他的太监梦也有机会了。

忠军做梦都没想到的是，袁世凯的皇帝梦仅仅做了83天就被人赶下台了。无奈之下，忠军就靠告密的赏钱组建了一个戏班。当不成太监就当皇帝，忠军以演皇帝而闻名，戏班也迅速走红。

且说京城大军阀冯瑞，他最憎恨清军和皇帝，皇帝都被赶下台了，还没完没了的演皇帝，这不是对清朝还抱着幻想吗？

冯瑞派人把忠君抓了起来。

冯瑞说："你从今以后再也不准演跟皇帝有关的戏了，否则我砸了你们戏班，杀了你的头"。忠君抬起头长叹一声，说，"我有一个请求，如果你答应了，我自然就会离开京城，并且解散戏班。"

冯瑞说："说来我听听。"

忠君说："让我在京城演最后一场戏。"

冯瑞想了想，"我答应你的要求。"

这天，看戏的人，人山人海，水泄不通。这曲戏叫《皇帝出宫》，这次忠君来了一个角色转换，他演太监，而以前演太监的这次演皇帝。忠君把太监演得惟妙惟肖，获得了观众的阵阵掌声。突然一声枪响，忠君道，"陛下，八国联军攻进京城了，快走吧。"皇帝说，"我不能走。"忠君跪下道，"留得青山在，不怕没柴烧。"忠君用头把戏台撞得咚咚响，鲜血染红了地面……台下响起了雷鸣般的掌声和叫好声。

随着掌声慢慢地平息，人们发现太监忠君还跪在地上，长久不起。

皇帝就去扶太监，太监咚的滚在台下，人们发现忠君已死了……

（原载《青春阅读》等）

第一辑　今古传奇

七品芝麻官

作为这位清官爱民保民崇高思想的真实体现，他所上的奏折《条陈永嘉侯不法事》被永远地载入中国反腐倡廉的史册。

明洪武十年，道同被任命为番禺知县。

道同走马上任，刚走进县衙大门，看见几个军卒正在鞭打一个佐使，县丞和另几个佐使站在一边手足无措，不敢吭声。道同早就耳闻广州卫所军贪污腐败，横行霸道，不仅勒索商人，欺压百姓，甚至还凌辱地方官员。县丞和佐使看见新知县道同走了进来，一下把目光投在他身上。

"放肆。"道同大喝一声。

军卒举起的鞭子停在空中，"你谁啊？你算老几？"

道同说，"我是番禺新知县。你们为何打朝廷官使？"

"他们不交军饷。"

县丞说，"我们交了，他们嫌少。我们和他们争了几句，他们就打人。"

道同对县丞说，"你们额外向老百姓摊派，这是你们的不对。"然后目光落到军卒身上，"你们拷打朝廷官使，实属违法乱纪，下次再发生此事，我将上报朝廷，让你们吃不了兜着走……还不快滚。"

那些军卒灰溜溜地走了。

这件事像一阵风，不胫而走，传遍整个番禺县城。人们都赞扬道同为官清正，是位好知县。

23

孤独的英雄

第二天,道同带了几个佐使去暗访。他们来到大街上,看见一伙土豪和地痞在打两个商人,一个跪地求饶,一个躺在地上一动不动,浑身是血。其中一个头目叫罗民,他挥着手说,"朝死打!"

"住手。"道同喊道。

罗民见是新知县,便恶人现告状,"这两个家伙是奸商,哄抬物价,还私带银两,应该治罪。"

商人说,"老爷明鉴,小的兄弟俩弄了点珠宝、香料出来卖,他们只给最底最底价钱,小的不愿出手,他们就打人。"

道同叫佐使去看看躺在地上的商人伤势,佐使看了看说,"禀大人,这人已经死了。"

听说出了人名,罗民心理有几分胆怯,有的想偷偷溜走。道同大喊一声,"来人,把他们锁拿归案。"

第二天,道同把罗民他们囚进大木笼里,摆在最繁华的大街上示众,还在旁边贴上告示,公布他们的罪状。

为平民愤,道同给布政使司和知府写呈文,要求将罗民他们正法。就在这时候,他收到了永嘉侯朱亮祖送来的请帖。朱亮祖是明朝开国功臣,也是一个巨贪,在灭陈友谅、张士诚等战役中,多次立战功。后来又因平定广东、广西有功,被封为永嘉侯。

道同心想,朱亮祖从不把小县令放在眼里,突然相邀,其中必有缘故。他想了很久,最后来到了朱府。

道同一进朱府,只见桌上盘斟满桌,并无别的客人。朱亮祖寒暄了几句,两人便入席。

朱亮祖端起酒杯说,"我先敬你一杯,我有一事商量。"

道同站起来说,"将军明教,下官才好畅饮。"

朱亮祖笑着说,"听说你抓了几个人,他们都是体面的乡绅。依我之见,还是将他们放了好……"

道同放下酒杯,"那几个人,人情可恕,但国法不容。将军身为开国功臣,国家重臣,为什么要受小人指示而为他们效命呢?"

朱亮祖生气地说,"实话告诉你,罗民是我的老丈人,你一个小七品知县竟敢违名顶撞,送客!"

几天后,朱亮祖派人冲进县衙,砸毁木笼,放走了囚犯。

土豪们视朱亮祖为保护伞,更加有恃无恐,欺男霸女,杀人越货,无所不为。

道同暗暗调查,搜集证据,然后把罗民他们一一逮捕入狱。

朱亮祖亲自带人又打开监狱牢房,放走罗民他们,还当众鞭打耻辱道同。

道同给皇帝写了奏折,揭发了朱亮祖的所作所为。

朱亮祖知道后,也写了一封奏折,诬告道同蔑视功臣,心怀不轨,连夜快马加鞭送到朝廷。朱亮祖的奏折抢先一步到了皇帝朱元璋手里。朱元璋信以为真,立即下了杀无赦的诏令。

命令刚下不久,朱元璋接到了道同的奏折,叙事分明,语句直却,表露出不为强暴的凛凛正气。朱元璋想起了朱亮祖跟他一同打江山时屡犯纪律的事,掠夺夺民女,打死军校……一个小县令敢告开国功臣,没有事实根据是不可能的,朱元璋立即下了道赦免令。

朱亮祖接到第一道杀无赦的诏令,立即将道同绑缚刑场。

百姓夹道哭泣。

朱亮祖急不可待,时辰没到就匆忙把道同杀了。刽子手的刀刚落下,第二道赦免令到了,可惜道同已含冤死去。

朱元璋知道道同被杀,非常悔恨,暗责自己不慎,更觉朱亮祖的猖狂,必将成为心头之患。

洪武十三年九月初三,朱元璋把朱亮祖父子召回南京,揭示他们种种不法罪过,然后当场将朱亮祖父子用鞭刑打死,朱元璋念其

孤独的英雄

有功，将其保留全尸。

朱亮祖死的瞬间，道同坟上的野菊花突然绽放，香飘万里……

补记：番禺百姓为了表示对这位廉吏的爱戴和缅怀，家家供奉道同的灵位，逢年过节便予以祭奠。作为这位清官爱民保民崇高思想的真实体现，他所上的奏折《条陈永嘉侯不法事》被永远地载入中国反腐倡廉的史册。

复 仇

女大十八变，凤儿越长越漂亮。陈牛和张虎经常望着凤儿出神，他俩都有心思了，两人都向凤儿发起了爱的进攻……

凤儿的父母被恶霸刀子客杀死时，凤儿正好在乡下姥姥家，她躲过了这场灾乱。

凤儿从此跟着她姥姥生活。姥姥家邻居有两个男孩，一个叫陈牛，一个叫张虎，他们喜欢和凤儿在一起玩，他们玩的最多的是"过家家"。每次陈牛就要当"新郎"，张虎就不答应，两人争来争去就打了起来，经常陈牛被张虎打得鼻青脸肿。

后来，他们长大了，长大后就再也不玩"过家家"了。女大十八变，凤儿越长越漂亮。陈牛和张虎经常望着凤儿出神，他俩都有心思了。

后来，两人都向凤儿发起了爱的进攻。

凤儿为难了，陈牛憨厚老实，张虎高大英俊，两人她都有点喜欢。最后，凤儿对他俩说："谁要是杀了刀子客，替我父母报了仇，我就嫁给谁。"

陈牛和张虎先后离开了小山村。

第一辑 今古传奇

刀子客原本姓张，名霸，他杀人如麻，所以才得了此外号。刀子客武艺高强，保镖又多，要杀他谈何容易，再加上他的儿子又是国民党某团的团长，就是吃了豹子胆的人也不敢动刀子客的一根汗毛。

陈牛买了一辆人力三轮车，每天都在刀子客的大门前转几圈。偶尔能见上刀子客一面，但他的身边都有打手，每个打手腰上都别着枪，陈牛不敢下手，他手上没枪。陈牛就想弄一支枪。

晚上半夜时分，陈牛就把三轮车停在妓院门口，他知道有些玩累的男人要回家。这时一个醉醺醺地日本人被一妓女扶了出来，陈牛看到日本人腰上的枪，他就把三轮车拉了过去。日本人坐上车后就呼呼大睡。陈牛把日本人拉到无人的地方，掏出匕首杀了日本人，然后扔进了下水道。

第二天中午，陈牛又把三轮车停在刀子客门前，他朝车上一躺，破草帽朝脸上一盖，透过草帽缝儿他盯着刀子客的大门。

刀子客终于出现了，刀子客的旁边点头哈腰的站着一位身穿国民党军服的军官，陈牛感到那人很面熟，仔细一瞧，原来是张虎。张虎打入刀子客内部后，深得刀子客赏识，刀子客就推荐张虎在他儿子手下谋了一个连长当。从此，张虎便忘了复仇的事，他成了刀子客一条忠实的狗，但陈牛不知道这一叨，他不能让张虎抢先一步杀了刀子客，他要娶凤儿。就在刀子客上车的那一瞬间，陈牛的枪响了，刀子客应声倒在地上。等打手们清醒过来时，陈牛已翻墙跑了。

刀子客抢救无效，终于死了。

刀子客的儿子得知父亲被人暗杀，便率部队赶了回来，立马封闭全城，查一切可疑的人。

团长把张虎叫了上来，抬手就是几巴掌打在张虎的脸上，"我限你三天之内，把凶手给我抓来，否则，你就别想来见我。"

张虎这时想到陈牛，立马身穿便服赶到乡下。凤儿正在院子里

孤独的英雄

晒衣服,丰满的胸部一耸一耸的,张虎看呆了,一年没见,他发现凤儿比以前漂亮了许多。

"虎哥,你回来了。"凤儿发现了张虎。

"我杀了刀子客。"张虎一字一顿地说:"你可要实现你的诺言,我要娶你。"

凤儿脸一红,扑在了张虎的怀里,这时,凤儿发现了陈牛不知何时已站在门边,双手拿着一对玉镯。那玉镯是陈牛特意给凤儿买的,他准备想亲手给凤儿戴上的,面对眼前的一幕,他几乎不相信自己的眼睛,他转身就走。

"牛哥!"凤儿追了上来。

陈牛抹了抹泪水,翱卧肖失在山中。

月牙儿挂在山头。陈牛很茫然,他漫无目的地在山中走,他不知道自己要朝何处去,突然他听到了响动,掏出枪大喊一声:"是谁?"

"是我,张虎。你杀了刀子客,我要捉你归案。"

陈牛说:"原来你当了汉奸,我真为你脸红。"接着他看到张虎的手指扣向了扳机。陈牛转身就跑,他感觉子弹在他身旁"嗖嗖"而过。

拂晓时分,陈牛爬到了山顶,张虎领着国民党也追到山顶。张虎奸笑道:"你投降吧,回去我好给我们团长交差,到时我给你求情,也许能饶你一死。"

陈牛"呸"的一声,扬起枪就朝张虎射击,张虎藏在树后没打中,陈牛再打时已没子弹,他转身跳入身后的万丈深渊……

凤儿知道陈牛死了,哭了几天。后来嫁给了张虎,但她的心里却一直都在思念着陈牛。

三年后的一个春天的晚上,凤儿正准备入睡时,突然一个男人闯了进来,凤儿正准备喊叫时,那人说:"我是陈牛,我们电台被日本人破坏了，我被日本人追杀，我在你这里躲一会儿。"凤儿说："张虎不是说你死了吗？"陈牛说："张虎认贼作父，他想杀我，可惜我命大，悬崖下是条河……"凤儿一惊，说："张虎要杀你？"陈牛说："其实杀死刀子客的人是我，而不是张虎。如今张虎和日本人勾结在一起对付共产党，迟早一天他会得到报应的。"

这时传来了狗叫和脚步声，陈牛见此处也不安全，说完就翻墙而出，消失在黑夜之中。

几年后，张虎率领的部队被解放军包围。最后，张虎拒不投降，他当场被解放军击毙。据说这一枪是陈牛打的。

全国解放后的第50个春天，一位白发苍苍的老人在民政局的陪同下找到了凤儿，老人说："我是陈牛的战友，他在一次战斗中为了救我而牺牲了，他临死时交给了我一对玉镯，叫我一定交给你。为了战友的嘱托，我找了你几十年，终于找到了你。"

凤儿双手捧着玉镯，泪水涟涟……

第二天，人们发现凤儿躺在床上已死了，她穿得很整齐，面带微笑，手上戴着一对雪白的玉镯……（原载《传奇故事》《百家故事》等）

孤独的英雄

梁山没有了你的立足之地，英雄最怕的就是无用武之地。你感到了孤独和痛苦。

你是一条顶天立地的汉子，但在梁山中你却是一个不起眼的小人物，甚至在《水浒传》中连你的名字都没提及，似乎人们已忘了你的名字，是人们故意忘却你，还是有意回避这段历史？你在沉寂

孤独的英雄

多年后，终于站出来有话要说。

你出生低微，但你多才多艺。十八般武艺样样精通，论起功夫，武松、林冲、李逵、鲁达都先后跟你交手都不分胜负，论起书画和篆刻，圣手书生萧让、玉臂匠金大坚都自叹不如，论起棋琴，铁笛仙马麟、铁叫子乐和也甘拜下风。你知道只要跟着吴用走，你在梁山才有立足之地和前途。

你长得英俊，就是潘安在世也自感惭愧。

正因你英俊，你的幸福也许就毁在这英俊上，毁在这帮男人身上。

梁山仅有的三位女性孙二娘、顾大嫂、扈三娘整天围着你转，还对你暗送秋波，你成了她们的梦中情人。但你同时成了梁山这帮单身男人眼中的钉，他们对你从妒嫉到仇恨，特别是扈三娘的老公矮脚虎王英扬言要杀你。

你坚信身正不怕影子歪，你对她们并没有非份之想，你连她们的手都没碰过。但人们的传言是你把梁山仅有的三位女人搞定了。一些人就开始给宋江打小报告，说了你种种不是，并且对你通报批评，留山察看以观后效。

你感到很冤，你没想到宋江仅听小人之言又没做调查就对你严肃处理了。

你跟宋江之间的矛盾就这样开始了。

其实宋江早就对你有意见。你在一次酒后说，一山不容二虎，晁盖之死值得怀疑，宋江为了坐梁山第一把交椅，杜撰几句言语，教曾头市上小儿们都唱"摇动铁镮铃，神鬼尽皆惊。铁车并铁锁，上下有尖钉。扫荡梁山清冰泊，剿除晁盖上东京……"晁盖听了大怒，便带五千人马下山捉曾家五弟兄，没想到的是晁盖中了曾家五弟兄的埋伏，一只毒箭射在晁盖的面颊上。这些话都传到宋江的耳朵里了。晁盖死了，宋江自然暂时代理梁山泊总兵都头领一职。

第一辑　今古传奇

为了稳定人心，梁山决定搞一次民主选举。两个候选人被选了出来：宋江和吴用。

其实吴用早就在谋算着梁山泊总兵都头领一职。

吴用找到了你，吴用让你刻一石碣，让你在上面刻着"替天行道。王者，吴用也。"然后埋在后山上。

一天，人们在忠义堂前议事。你站出来说，要想当梁山寨主，首先要顺天意，要听上天的安排。公孙胜也附和着说他昨晚做了一个梦，上天给他托梦说后山了埋了一块宝，关系着梁山的生死存亡。众弟兄都去后山挖宝，人们挖出了一块石碑，一见上面写着"替天行道。王者，吴用也。"这是上天的安排，人们欢呼着"王者，吴用也。"

宋江冷着脸，围着石碑转了三圈，然后蹲下，仔细地擦着石碑上的泥土。

宋江站了起来，目光直射着你，你感到不寒而栗。宋江指着石碑的落款说，这是什么？你看着"xx刻"几个字，惊出一身冷汗，你一时疏忽竟把你自己的名字也刻在了上面，你后悔自己习惯问题在关键时刻又犯了。

吴用的计划被你打乱了，你虽什么都没说，但你却成了吴用的挡箭牌。

宋江自然的当上了梁山一寨之主。

宋江开始改革，论功封官，在梁山泊天罡星36人之中没有你的名字，在地煞星72人中也没有你的名字。你没想到的是白日鼠白胜、鼓上蚤时迁之流都榜上有名。你被排在了第109位，你什么都不是。

梁山没有了你的立足之地，英雄最怕的就是无用武之地。你感到了孤独和痛苦。

你朝山下走去，夕阳映红了山谷，你听到了花开的声音……（原载《天池》）

画　家

我不会画大日本帝国日不落的画，我只会画凤凰山日出。我画凤凰山日出，是想给凤凰山人们一种希望和力量。

凤凰山是个"世外桃源"，也是个藏龙卧虎的地方。

凤凰山有一位画坛高手，姓刘，名鹏举。鹏举的出名一在他的画，二在他的怪脾气，他的画从不轻意送人。他擅长画日出，特别是凤凰山日出画得微乎其神，给人身临其境之感，也给人一种希望和力量。

初春，日本兵扎进了金州城，占据了凤凰山龙门天关，龙门天关在古代是巴蜀通往京都的重要关隘，山势险峻、易守难攻，为历代兵家必争之地，享有"疆域咽喉"之称。日本兵头目叫佐郎，是个中国通，佐郎对中国书画略知一二，派人去凤凰山请刘鹏举。刘鹏举把日本兵骂了一通，日本兵灰溜溜地回去禀告了佐郎。佐郎手一挥，说："立即去凤凰山，把他给我押来。"

日本兵去凤凰山把刘鹏举押进了军营。

佐郎对手下的兵吼道："还不快松绑。"然后笑嘻嘻对鹏举说："都怪部下不知好歹，事先没给我讲就乱抓人。"

刘鹏举鼻子哼了一声。

佐郎说："请刘先生来，是想让你给我当顾问。你知道大日本是日不落帝国，你的日出画得太妙了，只要你给我画一幅冉冉升起的红日……"

刘鹏举打断佐郎的话："我不会给你画。"

佐郎狞笑："你真的不画？"

第一辑 今古传奇

刘鹏举说:"除非你们现在滚出凤凰山,滚出中国,我立即给你画。"

佐郎说:"你们中国有一句俗语'敬酒不吃吃罚酒',不要怪我不客气了。"他对手下的日本兵叽里呱啦说了几句日语。

过了一阵,日本兵押来刘鹏举的女人。刘鹏举和女人对望着,默默无言。

佐郎就去扯女人的衣服:"你到底画还是不画?"

刘鹏举大声吼道:"住手!"

佐郎松开手,笑了。

刘鹏举说:"我有个条件,先放了我的女人,我就给你们画。"

佐郎说:"好吧。"

刘鹏举吩咐几个日本兵磨墨,他跷着二郎腿坐在那里,把几个日本兵折腾了一通,但他们不敢发作。

刘鹏举提起笔,刷刷几下,一轮红日冉冉升起。

佐郎拍手称赞:"妙妙妙,不愧神笔。"

就在佐郎发愣的瞬间,刘鹏举在红日旁边画了三座大山,并题诗一句"夕阳无限好,只是近黄昏。"

佐郎一拍桌子,怒道:"死啦,死啦的。"

刘鹏举转身,想朝墙上撞去,日本兵拖住了他。

佐郎拔出指挥刀,大喊大叫:"我再给你一次机会,重新画幅大日本帝国日不落的画……"

刘鹏举冷冷一笑:"我不会画大日本帝国日不落的画,我只会画凤凰山日出。"

佐郎收回指挥刀:"画凤凰山日出也行,我早就听说你最擅长画凤凰山日出画,我很好奇,你为什么只画凤凰山日出?"

刘鹏举说:"我喜欢太阳。我画凤凰山日出,是想给凤凰山人

33

孤独的英雄

们一种希望和力量。"

佐郎哈哈大笑："我也喜欢太阳。要不我邀请你来做中日亲善大使？并在东京给你开画展。"

刘鹏举没吱声，提起笔，刷刷几下，一轮红日冉冉升起。

佐郎哈哈大笑，拍着手说："Yes，良民大大的。"

刘鹏举手一抖，红日带了一个小小尾巴，外人一般看不出来。佐郎看出来了，他问："这是什么意思？"

刘鹏举说："两层意思，一是兔子尾巴长不了；二是缩头乌龟。"

佐郎大怒，挥着指挥刀说："八嘎，我叫你求生不能，求死不得，把他的十个指头砍去。"

刘鹏举一声惨叫，什么也不知道了。

后来凤凰山成为了陕南抗日第一军根据地，这里出现了一支抗日游击队，令日军闻风散胆，特别是在百里峡全歼日本一个小中队，又捣毁了盘踞在龙门天关的日军。据说这支游击队的军师，没有手指，人称"梁山吴用"。

后来，日本人投降了，全国解放了。金州城里又出了一位画坛怪杰，他画画不用笔不用手，用嘴用脚，作画时，先含一口墨汁，"啪"的一声吐在喧纸上，然后用脚龙飞凤舞，一幅绝美的画便出现了。据说他的画，在国外有钱人都争着买。

有人说，他就是凤凰山的刘鹏举。

人品机器

龙生被蒙面人抓了起来，关进死牢，不久便秘密的死去。

第一辑　今古传奇

龙生一介书生，他最大的梦想就是金榜题名，光宗耀祖。

龙生18岁考中秀才，后来连连进京赶考，结果都名落孙山，转眼间他头发白了，他满肚子才学，四书五经背的滚瓜烂熟，但却连个举人都没考上。后来他想明白了，是当今贪官太多，他没关系没后台，要想金榜题名太难了。

龙生一气之下，焚烧了四书五经，经过苦思冥想，他要发明一款人品机器，送给国王，让国王看看他手下的文武大臣是多么的无能，埋没了多少人才，国家的前途将毁在这帮人手中。

经过几年的研究，他终于研制出了人品机器。

这个人品机器操作非常简单，只要把手放在人品机器上，人品机器就会把你的人品是好是坏，甚至心里所想以及以前所干种种事情都会说出来。为了验证，龙生找了一位好朋友来测试。好朋友把手朝上一放，人品机器立即爆出："武三，人品一般，娶过三个老婆，其中为娶第三个老婆时设计害死了她的前夫……"武三吓了一跳："妈的，还真准。"武三没听完就偷偷溜走了。

随后，龙生又找了几个人验证，结果说的都对。

龙生立即给国王写了一封信，说他发明了人品机器，可以帮他认清他手下的文武大臣哪些是忠君，哪些是奸臣，哪些想谋夺他的职位的。国王接到信后，感到很高兴，立即派人秘密去接龙生进京。

龙生发明了人品机器的消息悄悄传开了。

这消息传到县官耳朵里，县官立马派人把龙生请进县衙。

县官拿出人品机器半信半疑，他把手伸了上去，人品机器立即爆出：县官人品很坏，为当官给上级送黄金10斤。当上县官后搜刮民脂，老百姓苦不堪言。县官背后还骂国王，说有朝一日赶下狗国王，自己当国王。县官吓出一身冷汗，这人品机器太准了。县官脸色顿时大变："来人啊，把龙生给我抓进大牢，准备判他死刑。"

孤独的英雄

就在县官准备要执行龙生死刑时，国王派下去的钦差大臣找上门来，领走了龙生。

龙生带着他的人品机器跟他们一块进京。

晚上，他们住进了一家旅馆，为了怕引起人们的注意，他们都穿着便装。半夜时分，龙生被响声惊醒，他看见一个手拿长刀的人朝他走来，龙生吓得叫了起来，官兵们一拥而入，抓住了那个歹徒。经过审问，他们是宰相派来的人，要杀龙生。

官兵们不敢久留，马不停蹄朝京城赶去。

国王见了龙生很高兴，他问："你的人品机器真的很灵吗？"

龙生说："国王，人品机器百分之百的准确，不信你可以让你的文武大臣，一一来实验。"

国王望了望义武大臣："好啊。"

文武大臣低下头，没人敢看国王的眼睛。

"爱卿，你来试一试。"国王对宰相说。

宰相脸色顿时变了："我头痛，还是从文武大臣开始吧。"

文武大臣个个都不敢吱声，生怕点到自己头上，有的就假装身体不舒服，有的就假装晕倒，纷纷要退朝。就在大家不知道该如何收场时，其中一个大臣提议说："国王是一国之主，还是从国王开始吧。"

国王怔了怔，说："龙生远道而来，我们设宴为他接风吧。这人品机器还是先放到我这吧，从明天开始，人人都要接受这机器检查，就当为大家体检吧。"

宴会盛大，但大家都心思沉沉，空气很压抑。

半夜，国王悄悄拿出人品机器，他把自己的手放了上去，人品机器报道：国王，人品恶劣，为当国王杀死自己的哥哥和弟弟，霸占了弟弟的老婆。为怕手下大臣篡位，杀死了几十个大臣……"国王惊出一身冷汗，他的所作所为，人品机器怎么会知道？晚上他失眠了。

第二天，国王上朝时，文武大臣都称有病或有事都没上朝。

几天之后，国王收到了大量匿名信，都是告龙生的，有说他是个杀人逃犯，有说他想谋反想当国王，反正说啥都有。如何处理龙生，国王犹豫不决。

龙生被蒙面人抓了起来，关进死牢，不久便秘密的死去。

龙生和他的人品机器便消声遗迹了。

一个人的移民史

吴建业生命最后一刻倒在了地里，他抓住沈彩凤的手说："我一个外地人，现在儿孙满堂，吴家发展成几十口人，我死了也值了。"

清朝某年，广东梅州大旱，庄稼颗粒无收。

吴建业一家六口开始北上逃荒。他们来到湖南时，奶奶和母亲相继饿死和病死。草草掩埋，他们继续北上。来到汉口时，爷爷也快不行了，爷爷在临终时紧紧抓住父亲的手说："你要照顾好建业和丫头，听说汉中今年大丰收，你带他们去那里吧。"

父亲点了点头。

父亲带着吴建业和小女开始顺着汉江而上。

他们到达安康时，父亲和妹妹开始全身浮肿，无法走路了。恰好一好心船老板刚好去汉中，便顺路稍上他们。

货船到达漩涡街时，乌云滚滚，狂风大起，江面上突然出现了巨大的漩涡，漩涡的地名就是这样来的。船老板一看不好，急忙掉

孤独的英雄

转船头,但已来不及了,一个又一个漩涡像狮子张着血盆大嘴扑了上来,货船顿时圈了进去,一会就消失了……

"我这是在哪里?"吴建业醒来时已是第二天晚上,他看见一个长得非常漂亮的姑娘。

"是我救了你,我用渔网把你拖了上来,当时我还以为是一条大鱼呢。"姑娘咯咯笑了。

"我父亲和妹妹呢?"

"没看见,听说你是唯一幸存者。"

"我要去找他们。"吴建业立即起床。

"天都黑了,你怎么去找?再说你人生地不熟,等明天吧。我叫沈彩凤,你叫什么名字?"

"我叫吴建业,从广东梅州逃荒来的。"

姑娘哦了一声,递上熬好的姜汤说:"喝了暖暖身子。"

吴建业感激地望了沈彩凤,说:"谢谢!"

第二天一早,吴建业顺江而下去找父亲和妹妹。几天后,吴建业失望了,想想在异乡,连一个亲人都没有了,他伤心地哭了。

无奈之下,吴建业又来到了漩涡街,他敲响了沈彩凤的门。

"我还以为你不来了呢。"沈彩凤高兴地说。

"我连一个亲人都没了,现在也不知道该怎么办才好?"吴建业腼腆地说。

"我父亲是漩涡街上的大财主,如果你愿意,你给我家当长工吧。"

吴建业点了点头。

吴建业是个聪敏好学的小伙子,学啥也快,更是种庄稼的好把手。沈彩凤是个野丫头,干啥都喜欢带着吴建业。一来二去,两人慢慢偷偷就好上了。

第一辑　今古传奇

开春，去沈家提亲的人络绎不绝，但都被沈彩凤拒绝了。

沈彩凤的父亲沈财主生气了："你为啥不答应。"

沈彩凤说："我心里有人了。"

"谁？"

"吴建业。"

"他一个外地人，要啥没啥，我看他可伶，才给了他一碗饭吃，"沈财主把茶杯仍在地上，"他还想娶我女儿，没门。"

沈彩凤说："我就喜欢他。"

沈财主说："这次我看上了一家，门当户对，你不答应也得答应，"

沈彩凤说："你要逼我，我就去跳汉江，死给你看。"

沈彩凤真的跑出去，跳了汉江。好在抢救及时，保住了命。

沈财主气得骂爹骂娘，后来慢慢想通了，他把沈彩凤和吴建业叫了过来，"我给你们一条路，你们自己选择，如果你们非要结婚，那么我们从此断绝父女关系，滚出沈家，沈家也不会给你一针一线……"

沈彩凤拿着吴建业的手说："行，我们现在就滚出沈家。"

沈财主望着他们的背影，气得又摔了一个杯子。

沈彩凤和吴建业顺着漩涡街朝北走，他们来到了凤凰山南坡的凤堰，树木丛绿，山泉流淌，野花绽放，吴建业看了看说："这简直就是世外桃源啊。不走了，我们就在这风水宝地安家。"

沈彩凤说："这荒无人野的，还风水宝地。"

吴建业说："相信我的眼光。"

吴建业用随身带的刀子砍了几棵树，搭起了茅草房子，这就成了他们的家。

白天吴建业就开垦荒地，沈彩凤就去山上摘野菜採蘑菇。后来吴建业发现，溪水旁的湿地里有泥鳅和黄鳝，他想到了老家的水稻，

39

孤独的英雄

一个大胆的想法在他脑海了出现了,把这些坡地弄成梯田,种上水稻。

梯田弄好了,吴建业决定做实验,他为种子发愁,当地一直种的是玉米、麦子和红苕之类的产物,水稻还是稀罕物。沈彩凤看透了他的心思,说:"漩涡去汉口的货船很多,我托人稍些。"

沈彩凤去了漩涡街。

不久,水稻种子稍了回来。

吴建业开始培育秧苗,然后插秧子。几月后,水稻大丰收。

第二年,吴建业开垦了十几亩梯田,收获了几千斤谷子。不久,又喜得贵子。

吴建业卖了一些谷子,修了房子,置了一些家当,剩下的钱就请人开垦荒地。

几年后,汉阴发生旱灾,吴建业捐了一些粮食,还在汉阴街上支起大锅熬粥救济灾民。

清政府念吴建业救灾有功,让他当了汉阴厅的县官。吴建业当了县官后,在南北二山和月河川道推广他的水稻。后来他辞掉县官,又回到凤堰,继续开垦他的荒地。

沈彩凤一口气给他生了十个儿女,后来儿女长大成家,他们也老了。

吴建业生命最后一刻倒在了地里,他抓住沈彩凤的手说:"我一个外地人,现在儿孙满堂,吴家发展成几十口人,我死了也值了。"

沈彩凤说:"吴家人会永远记住你的,汉阴人会永远记住你的。"

吴建业笑着闭上了眼睛。

吴建业他没想到的是,200多年后,他的后人发展到现在的几百人,万亩凤堰古梯田也成了非物质文化遗产,他当年住的地方成了全国首座移民生态博物馆,他和妻子的铜像至今还矗立在博物馆的门前。

第一辑　今古传奇

我在漩涡等你

一份承诺，让我们见证了真爱——

落日黄昏，江北风尘仆仆来到了漩涡镇。

江北立即被眼前的美景吸引了，"漩涡"这两个字他曾从阿庄嘴里听了无数次，如今他来漩涡就是为了了却他的一桩心愿。他坐在石阶上抽了一根烟，一只小船划过，河水荡漾，哗哗作响。他的耳朵突然也哗哗作响，是枪炮的声音，往事如潮水漫了过来……

江北所在的国军某连队负责阻击日本人，他们跟日本人激战了七天七夜，打退了日本人无数次的进攻，国军也付出了惨重的代价，只剩下十几个弟兄了，眼看要弹尽粮绝。那晚他们在战壕里又冷又饿，受伤的阿庄，说，"江北兄弟，我有种不好的感觉，如果我死了……"

江北立即打断，说，"放心，我们死不了的，再说上次跟日本人肉搏战，要不是你及时给那日本人一刺刀，我早就见阎王了。我还欠你人情，还没还呢。"

阿庄捂着伤口，笑了笑说，"拜托你一件事，等赶走了鬼子，去漩涡看看我的母亲。我的大哥在台儿庄战役中牺牲了，我的二哥参加了八路，现在也不知是死是活。我参军打日本鬼子时，没过门的媳妇也答应了我，她等我。"阿庄掏出自己的照片和女朋友的照片，还有母亲给的平安符，递给江北说，"你先替我保管吧。"

天一亮，鬼子又疯狂进攻。炮弹在阿庄身边爆炸，阿庄突然消失了，只留下一个大坑。炮弹声停止时，黑压压的日本鬼子朝阵地赶来，而此时阵地上只剩下了五个人，他们做好了跟日本鬼子同归

孤独的英雄

如尽的准备，每个人都给自己留了一个手榴弹。就在这时，增援的部队赶来，包围了日本人。这次战役他们大获全胜，江北受到了嘉奖和表扬，提拔为连长。本来他想去漩涡看望阿庄母亲的，但部队奉命又去开辟新的战场。转眼几年过去了，日本人投降了。后来，江北所在的部队起义了，他们参加了解放军直到全国解放。

就在江北陷于往事的回忆时，天色已暗，挂在廊檐下的大红灯笼都已亮了起来，一盏连着一盏，灯光映照下的江面特别美丽，把夜晚的漩涡镇装扮得朦胧而又神秘。

桨声灯影中，一只小篷船慢悠悠地荡来。

"船家，请问去老街怎么走？"江北站了起来，挥了挥手。

小篷船突然停了下来，"你找谁？"

"我找阿庄的娘。"江北才看清这是一位姑娘。

"你——是？"姑娘很激动。

"我是阿庄的战友。"

姑娘笑了笑，"上船吧，我带你去吧！"

姑娘又说，"阿庄，他现在好吗？！"

江北看见她眼里有泪，仔细一看，好面熟，"你认识阿庄？你就是阿庄的那位吧？"

"是的。"

"我有你的照片。"

"你怎么有我的照片？"

江北掏出照片递给姑娘，"阿庄交给我的，我把你和阿庄的照片放在胸前揣了6年，一直盼望能亲手交给你们。"

姑娘突然嚎嚎大哭，"他答应我回来，要跟我结婚的。"

江北想安慰姑娘几句，他感到语言又那么苍白无力。他四周看了看，星斗开始出现了，一只只小木船急速地从爬满青苔的桥洞中穿过，长长的石板街上已是行人寥寥，纷纷打烊的店铺里溢着腊肉脂香。

姑娘哭够了，她说，"我们回家吧。"

姑娘心事重重的划着船。

"跟你商量一件事。"姑娘回头说。

"你说吧。"

"阿庄的娘天天想念儿子，哭瞎了双眼。最近她的身体一直不好，我估计她剩下的日子不多了，如果她知道阿庄牺牲了，我怕她挺不过去。我希望你能冒充阿庄。"

"这行吗？"

"你的身材跟他差不多，这么多年你一直在外打仗，就说口音变了。有我在旁边给你打圆场，你怕啥？"

江北点了点头。

船在老街旁停了下来，姑娘拴好船，领着江北走上了石板街。

"娘，你看谁回来了？"姑娘推开门喊了一声。

从里屋走出一位举着拐杖的白发老太太，"是庄庄回来了嘛？"

江北走了上去，"娘，我是庄庄。"

老太太的拐杖掉在地上，又哭又笑，像个小孩，"让娘看看。"老太太伸出双手从头到脚把江北摸了一遍，"你瘦了。听说全国都解放了，这次回来不走了吧？"

"不走了。"

老太太笑了，"你走后都是丫丫照顾我的，丫丫是个好姑娘，今晚你们就圆房吧，我早就想抱孙子了。"

"娘——"姑娘脸红了。姑娘的小名叫丫丫。

老太太又笑了，"快去给庄庄弄点吃的,这么远回来，又这么晚了，一定饿坏了吧。"

孤独的英雄

江北说,"娘,我不饿。"

老太太说,"这怎么行?丫丫快去做饭。明天给你庄庄哥捎几只猪蹄回来,在外边可吃不到真宗家乡味道的猪蹄吧。"

姑娘应了一声,闪进了厨房。

吃饭饭,他们又闲聊一阵。老太太见时候不早了,就说,"我先去里屋睡了,你们也快睡吧。"

外屋只有一张床,江北悄声说,"你睡床吧,我睡躺椅。"

"万一被老太太发现了怎么办?要不你睡这头,我睡那头。"

这一夜,江北睡得很踏实。

儿子回来了,老太太这几天精神非常好。

一天晚上,江北和姑娘来到了石桥上。姑娘说,"我问你,你喜欢漩涡吗?"

江北说,"喜欢,漩涡太漂亮了,山清水秀,我迷上了这个地方。"

姑娘深情地说,"等老太太走后,你再决定是离开漩涡,还是留在漩涡吧!我听你的。"

江北点了点头。

晚风柔柔地拂着江北的脸颊,他感到了惬意而温馨。借着月色,他看着映着双桥倒影的河水,发现自己已爱上这个地方了。

第二辑　校园春秋

匆匆那年，匆匆岁月，校园里的故事同样也精彩……

老校长

老校长站住了，发了一下呆，掏出检讨书就狠狠地撕了。撕完后，奇怪的是胸口突然不疼了。

山里的秋雨，一下就是阴雨绵绵。

老校长望了望破旧的教室，心里与刀刮般难受，再不维修，这泥胚房教室说不定哪天就倒了。要维修就要资金，可学校哪有钱啊。老校长 20 多岁就在这里教书，一教就是 30 多年，也算桃李满天下。他的学生中最有出息的还是牛蛋，人家现在是教育局的局长。

老校长就把学校情况反映给教育局，他知道国家拨了一些资金到县上，专门用于维修校舍。这事都过去了一年多，依然没见一点动静。

孤独的英雄

不能再等了，老校长心里想。

雨一停，老校长便去县城，他要找牛蛋好好谈谈。牛蛋毕竟曾经是他的学生，他会给这个面子的。当年牛蛋辍学，要不是老校长把他拉回学校，牛蛋能有今天？

老校长扑了空，牛蛋到市上开会去了。

后来，老校长又去了几次，结果也都是没见到牛蛋。有一次他从早等到晚都没见到牛蛋，心里不免生气，他来回一趟两百多里路，容易吗？

有人给他悄悄指点，"要找牛局长，得去县城最好的酒店。"

老校长在酒店里看见牛蛋正在陪客人吃饭，嘻嘻哈哈好热闹。老校长一见心里就来气，他冲了上去，"牛蛋，我都找了你好多次了，都找不到你，你原来在这里快活。我们学校再不维修，出了人命，你担当得起吗？"

满桌的人都望着老校长，没人敢直呼牛局长的小名。

牛局长正在陪客人吃饭，其中还有上级，见老校长大呼小叫，立即板下脸，"你是谁啊？我怎么不认识？"

老校长心里更来气，"国家拨的钱，该不会都被你吃吃喝喝了吧？听说你刚买了辆几十万的小车，该不是也是这上面的钱吧……"

牛局长脸色变了，拍了一下桌子，"把这个神经病给我赶出去……"

老校长被保安押了出去。

老校长站在门外，听见牛局长说，"这是个疯子，大家不要介意。来，继续喝酒。"

老校长回到学校后病了一场。

乡上的教育专干来看他，责备老校长，"当着那么多的人面，你这么说，他能不生气吗？"

老校长说，"你消息到挺快的。"

教育专干嘿嘿一笑，有点勉强。

老校长说，"当时见了牛蛋就来气，没忍住，我辛辛苦苦跑了几趟，连他人影都见不上，好不容易见上了，他却跑到酒店吃喝去了，原本想好的话被气得说不出来。"

教育专干说，"你这人啥都好，就是脾气犟。牛局长有他自己的打算，听说县上准备把你这学校撤了，合并到镇上。"

老校长说，"啥？"

教育专干说，"撤校合并。"

老校长急了，"该不是那次我大闹酒店后，局长为报复，才撤校并校的吧？这简直是胡搞。山里娃到我这里上学够不容易了，他们好多离家都是十几里，每天天不亮就起来，要翻几座山。好多学生上学还是我劝回来的，如果把这学校撤了，那么他们上学就更远了，有的来回五六十里路，这样不是把他们逼上绝境吗？不行，我得去找牛蛋那狗日的。"

教育专干拉着老校长的手说，"这是上面考虑的事，他们想咋整就咋整，你得为自己的前途考虑一下了，撤校后你怎么办？别老窝在山里，你得抓紧时间想办法啊。"

老校长说，"想啥办法？"

教育专干说，"你我是多年的哥们，从小一快长大的，我给你说几句实话，你可不要把我出卖了。"

老校长说，"你放120个心。"

教育专干说，"现在办啥事，光嘴说不行。现在山里教师调到镇上、城里，哪个敢说没送礼？私下里都知道，从大山里调到镇上是3万，从偏远的镇上调到城里是5万，有的年轻漂亮的女教师把自己都搭了进去……"

孤独的英雄

老校长听得一愣一愣的,"不会吧?"

教育专干说,"去给牛局长道个歉,认过错,毕竟他曾经是你的学生。顺便意思一下,把你也调到城里。"

老校长说,"我这一辈子从没求过人,叫我给他道歉,他想得美。"

老校长来到城里,直奔局长办公室,这次局长在。

老校长说,"听说要撤校合并?"

牛局长见老校长生气的脸,没有直接回答,"你听谁说的?"

老校长说,"你们简直是胡搞。你做的那些见不得人的事,别以为我不知道。"

牛局长说,"我做了啥事?"

老校长说,"你自己心里清楚,还要我直说吗?"

两人话不投机,最后吵了起来。老校长不怕,拍桌子踢椅子,大闹教育局。

最后还是教育局一帮人把老校长赶走了。

老校长回到学校后,又病了一场。

老校长躺在床上想了几天几夜,最后他终于想通了,为了乡村的孩子们,不能撤校,他最后决定给局长低头,承认错误和道歉。

病愈后,老校长又回到了讲台,认认真真教他的书。放学后,他就写他的书面检讨。

半月后,老校长怀揣"万言"检讨书来到城里,直奔局长办公室,局长没在。

老校长看见一个人,便问,"局长呢?"

那人看了老校长半天,"你到检察院去找他吧。"

老校长心里突然难受,有点疼,他捂着胸口,老校长就纳闷,为何要去检察院去找他?难道局长调走了?

老校长刚走到门口,看门的老头悄悄地说,"局长被双规了。"

老校长站住了，发了一下呆，掏出检讨书就狠狠地撕了。撕完后，奇怪的是胸口突然不疼了。（原载《京江晚报》等）

开满野菊花的山岗

我开始收拾行李，准备明天一早离开山岗小学。天一亮，我推开门，看见窗前摆满了野菊花。

那年，我到大巴山一个叫上七里的地方支教。

上七里顾名思义，就是从山脚下的旋涡镇出发，沿着山路出发，上山要走七里，上七里在山顶一个平地，聚集着几十户人家，这里有商店、饭店、客栈，一到逢集市，这里是一个繁华的地方。而我所在的学校，离上七里还要走七里，学校在山岗上，连围墙校牌都没有，人们都叫山岗小学。

我第一次来到这山岗小学，山岗开满了野菊花，满眼都是连绵的群山，我从小长在平原，第一次面对大山，满是兴奋。

校长是当地人，50多岁，看上去满脸沧桑，他见我笑呵呵地说，"欢迎你来，但愿你能坚持住。以前来的老师，呆几个月都走了。"

我握住校长的手说，"放心，我能坚持下来的。"

来了后我才知道，这学校这有两个老师，校长和我。学校只有一到四年级，我和校长各带两个班。每天学生从方圆十几里的地方赶到这里上学，跟学生在一起，我很快乐，但一放学，我独自一个人呆在学校里，心里便生出寂寞来。

后来，校长见我一人做饭不方便，就叫我放学到他家里吃饭。经常去，我感觉不好意思，校长似看透我的心思，便说，"以后轮

孤独的英雄

流到学生家里吃饭，顺便家访一下也好。"

我笑了笑，"也好，不过我要给饭钱。"

校长说，"饭钱就算了吧。"

学生家不富裕，我每次去学生家中，他们都拿出最好吃的东西招待我。

一次，毛蛋问好，"老师，肯德鸡（基）、麦当老（劳）长得啥样子？好吃不"

"好吃。"我给他们比画着。

毛蛋流着口水，"城里的学生就是好，天天可以吃，而我们见都没见过。"

我摸着毛蛋的头，"你们要好好学习，走出大山，别说这些，就是北京烤鸭、日本料理……想吃啥有啥。"

学生们都咽口水。

一学期结束后，我把饭钱做了统计。当我送钱上门时，都被家长们拒绝了，他们说啥都不要。

开学后，我把这些钱全买了肯德基、麦当劳，连夜赶回学校。

"同学们，我给你们带来了肯德基、麦当劳。"孩子们兴奋不已，叽叽喳喳。

我把这些东西分给他们吃，虽然他们每人只能分到一小快，但他们都吃得津津有味。

毛蛋说，"真好吃，我长大后要去城里天天吃这些东西。"

我笑着说，"只要大家好好学习，以后就可以天天吃。"

支教一年快到了，老校长每天都闷闷不乐。

放学后，老校长变戏化似的拿出一瓶酒和一包花生米说，"来，我们喝几口。"

我和老校长一杯一杯的喝，老校长一句话都不说。

瓶子快见底了,老校长说,"不走,行吗?"

我说,"再不走,女朋友就要跟我分手了。"

老校长端起酒杯一口而尽,我看见他眼里有泪,他二话不说就走了。

我开始收拾行李,准备明天一早离开山岗小学。

天一亮,我推开门,看见窗前摆满了野菊花。今天是周末,学生不到校,谁送的呢?我再一抬头,校门口站满了学生,他们手上都拿着野菊花。他们是来送我的,他们异口同声的说,"老师,希望你能留下来。"我在寻找校长的身影,校长却没来,我知道校长在生我的气。

我提着行李,向学生们挥了挥手,迈上了崎岖的山路,学生们送了我一程又一程。我说,"你们回去吧!"毛蛋说,"老师,我们舍不得你走。你的话我们永远记着,我们要好好学习,长大了去城里吃肯德鸡(基)、麦当老(劳)……"

我翻过一座山,回头一望,学生们还站在山岗上。

这时,我看见了校长,他举着拐杖,艰难地朝我走来,他腿上打着石膏。

我朝校长走去,"校长你怎么了?"

校长说,"昨晚有学生听说你要走,他们打算辍学,我去他们家长做工作,回来时不小心摔了一跤,骨折了。我是从医院偷偷跑出来的,是想送你一下……"

我握住校长的手,热泪盈眶。

原本在山岗小学支教一年,后来我却支教了五年。(原载《教师报》)

领导抱过的孩子

同学们私下都叫那个孩子"大熊猫",大熊猫是国宝,人人都宠着,谁都不敢惹他,谁都不敢得罪他,连县长见了他都要尊敬三分。

一场百年不遇的洪水袭击了这个偏远的苦瓜村,洪水滚滚,房屋倒塌,树连根都拔了起来,到处是一片狼籍。

当县长冒雨赶来时,洪峰还在继续上涨,房屋顶上十几个孩子和村民哭叫一片,县长亲自指挥武警管兵划着皮划艇去营救。武警管兵冒着生命危险终于把这些孩子和村民救了出来。

县长对灾民说,大家要相信党和政府,我们会帮你们渡过难关的。这时随同县长的记者用相机和摄像机对准了县长。一个记者来到县长身旁悄悄说,"为了增加真实性,表现县长的平易近人,请县长抱一下刚被营救的孩子,我们好拍摄镜头。"县长在那群孩子中瞧了一下,他弯下腰不情愿地抱起一个没有鼻涕的孩子,孩子见了陌生人哇哇大哭。县长不知道如何是好,随同县长来的人就逗着孩子说,"笑一笑。"孩子就是不笑。村长把孩子母亲叫来,让她哄孩子笑一笑。孩子还是不笑。记者掏出一颗糖在孩子面前一扬,"笑一笑,就给你。"孩子也许饿了就哈哈大笑起来。记者用镜头对准了县长和孩子,金光闪闪,啪啪一阵拍照。

当天晚上县电视台报道了县长冒雨救灾抱孩子的镜头。第二天,县报头版头条刊登了县长抱孩子的镜头,孩子笑得很开心。接着市报和市电视台也报道了县长访问灾民的情况,特别是县长抱孩子那个镜头让人难忘,从孩子笑容中,人们看到了灾民的希望。于是人们注意到了这个孩子,县民政局在给灾民发救灾物资时,特地给孩子多发了几套衣服、多发一带米;县文教局特地让学校免了他的学费,学校还把他评为"三好学生";村长还免了他家的农业税……县长抱过的孩子,谁敢怠慢,那个孩子便成了重点保护对象。

几年后,县长调走了,县长成了市长。

新县长依然关注着被市长抱过的孩子,那个孩子如今已上初中,享受着同年孩子没有的各种待遇:他不用交学费,年年是三好学生……各种好处都让他占着。

三月是学雷锋的季节,新县长提出了向市长学习的号召,学习市长舍己救人、大公无私、心系老百姓的精神。于是当年被市长抱过的孩子被推上了演讲台,演讲词都是新县长让人写好了的,那个孩子在台上照着读就行了。

演讲词的大致内容是:那天雷电轰鸣,大雨如盆泼,洪水如一头怪兽冲了出来,孩子被困在房顶上,孩子想完了,就嚎啕大哭。这是县长冒着生命危险冲了过来,他抓住孩子的手,突然一个浪打了过来,船翻了,县长和孩子掉进水里,市长紧紧抱住孩子不松手,这是武警官兵冲了过来营救,市长说,"我死了不要紧,孩子是祖国的花朵,要想尽千方白计的办法也要把孩子先救起来。"当年被市长抱过的孩子在台上声情并茂,讲到动情处嚎啕大哭,台下的人也被感染了,纷纷擦泪。

孩子到县上各个学校去演讲,去做报告。

几年后,市长又高升了,当了省长。他把市长的位子留给了那个号召向他学习的县长。

人们对孩子的称呼又升了一级,"省长抱过的孩子。"

同学们私下都叫那个孩子"大熊猫",大熊猫是国宝,人人都宠着,

孤独的英雄

谁都不敢惹他，谁都不敢得罪他，连那个县长见了他都要尊敬三分。

学雷锋的季节又来到了，县长于是组织了一个写作班，把当年省长救灾救孩子的情节重新演绎，把省长塑造成了一个顶天立地、誓死如归、不食人间烟火的大英雄。

"省长抱过的孩子"拿着他们写的演讲稿，四处做报告和演讲。县报和电视台也跟踪报道。

县长说，要把省长精神发扬广大，所以不要走过场，要年年讲、月月讲。"省长抱过的孩子"就不用上学了，他已被内定为保送的大学生。他开始到全省做报告和演讲。不用考就可上大学，并且是清华大学，学费也是县上出，面对这么好的事，"省长抱过的孩子"讲得更卖力，声情并茂，泪水涟涟，博得台下掌声一片，哭声一片。

孩子上高三那年，省长出事了。省长因贪污被抓了起来。

报告团立即解散了，孩子保送清华大学的名额也换了别人。

那年，孩子参加高考。孩子整天做报告和演讲，哪有时间学习，可想而知，孩子考砸了，县上倒数最后一名。

孩子无脸见人，悄悄去了南方打工。

后来人们再也没见到他了，偶尔村民提起被领导抱过的孩子，心里就不是滋味。

苦瓜小学

牛娃很有钱，什么生意都做，甚至走私、犯毒……学校虽然缺钱，但"苦瓜小学"说啥也不能改为"牛娃小学"……

苦瓜村的苦瓜小学破破烂烂，一面围墙也倒了。孟老师给县上

第二辑　校园春秋

打了无数次报告,但答复都是没有经费,结果不了了之。转眼间,苦瓜小学已成了危房,孟老师也变成了老校长。

暑假,孟老师收到了一封邀请信,邀请他到北京来旅游,一切费用都不用他掏钱。写信人是牛娃,他怕孟老师不来还寄了2000元的路费。牛娃是谁?孟老师几十年教的学生最少也有1000人,他还真记不起牛娃的模样来。孟老师几十年都呆在苦瓜村,去的最远的地方就是县城,如今有人邀请他免费到北京来,天下竟有这等好事,孟老师的心开始动了。

孟老师开始收拾行李。孟老师坐了两天两夜的火车才来到北京。孟老师站在出站口头有点眩,他感到他来到了另一个世界,他真有点担心没人来接他。正在他东张西望时,有人喊他孟老师,孟老师头一回,他看到一个腆着大肚子的胖男人面带微笑朝他走来。那人抓住孟老师的手说,我是牛娃。孟老师附和着笑了,他开始把他的记忆翻了个遍,但还是想不起来有关牛娃的记忆来。牛娃给孟老师打开车门说,请,这是我的小车。孟老师第一次坐小车,就问,这车值不少钱吧?牛娃说,不多,100多万。孟老师一惊,100多万至少要修两所苦瓜小学。

牛娃领着孟老师来到了一家高档酒店,牛娃点了不少山珍海味,孟老师吃得开心极了。牛娃望着孟老师吃的样子不由得偷笑,他说,孟老师你还记得当年你说过的话吗?孟老师摇了摇头。牛娃说,当年我在班上调皮捣蛋,经常打架惹是生非,在女同学书包里放死老鼠死青蛙……你几次都原谅了我,但我屡教不改,你一气之下就开除了我,还说我将来如有出息,你就把长江水喝干。孟老师的记忆一下恢复了,他有点尴尬,夹菜的手有点颤抖。牛娃说,我非常感谢你,要不是你当年伤害了我的自尊心,我不会有今天的。如今我的资产过亿,手下员工近千人。孟老师的脸发烧,怔在那里发呆。

55

孤独的英雄

牛娃说，当年的事不提了，吃菜！如果你有什么难处，就提出来。孟老师想让牛娃捐点款修学校，几次话到嘴边又吞了回去。孟老师转念一想，为了学生豁出去了，他就提起了有关苦瓜小学的事。牛娃说，我给苦瓜小学捐100万，但前提是苦瓜小学要改为牛娃小学。孟老师想了想说，行。牛娃说，钱你放心，这几天你的任务就是吃好玩好。我给你叫几位小姐陪陪你。孟老师连忙摆手制止。

牛娃领着孟老师又来到了他的别墅，别墅装修豪华，具有欧洲风格，孟老师感到自己是来到了皇帝的宫殿，他一边看一边赞不绝口。这时，孟老师看到了一位年轻漂亮的小姐，他以为这小姐是牛娃的女儿，正要打招呼时，牛娃说，这是我的第四任妻子。孟老师惊得半天都合不拢嘴。那女人用不屑的眼光盯了孟老师一眼，扭着腰上楼去了。

参观完牛娃的别墅，牛娃领着孟老师来到了五星级酒店。牛娃神秘地一笑，你先休息，我走了。孟老师真有点累了，他正要入睡时，一位穿得很露的小姐推门而入。孟老师问，你找谁？那位小姐说，找你。孟老师吓呆了。小姐说，牛老板已付了钱，你怕啥？那位小姐边说边脱衣服，小姐就朝孟老师怀里拱，孟老师推开小姐，他想起乡下他的那些学生，他们好像正睁着一双双眼睛看着他，他突然大声吼道，滚！小姐怔住了，匆匆穿衣而逃。

孟老师一夜无眠。

第二天，牛娃领着孟老师参观了天安门、故宫、长城。孟老师一路心事重重，他说，我牵挂我的学生，我想明天走。牛娃说，你要走，我也不勉强你。他们又来到了大酒店，牛娃点了丰盛的菜，还要了两瓶茅台酒。牛娃说，今晚要喝个痛快，不醉不归。他们就开始一杯又一杯的喝。两瓶酒快完时，牛娃已醉了，而孟老师却没事，孟老师的酒量很大，平常在山里天天喝。牛娃醉了就开始胡言乱语，他说，你知道我为什么要请你到北京来吗？当年我被你赶出校园，我就发誓一定要混出名堂来，让你看看我的能耐来。为了打天下，为了挣钱，我什么生意都做，甚至走私、贩毒……为了寻求靠山，我每年都要成麻袋的给当官的送钱。如今我成功了，我把你请来就是要让你看看我是多么的风光……

孟老师愣在那里，眼中有泪。

第二天，牛娃酒醒后，发现了一封信，信中说："我走了，捐款的事就此告终，因为'苦瓜小学'说啥也不能改为'牛娃小学，'你好自为知吧！

沉重的代价

父亲又回到了学校。每天父亲都要独自去学校后面的山坡，山坡上葬着那个孩子就是父亲的小儿子，我的 7 岁的小弟弟。

父亲是位小学教师，父亲的学校在深山老林里。

其实父亲教书的那个地方，严格地讲算不上是一所学校，因为教室只有破烂的两间，共四个班。一、二年级一个教室，三、四年级一个教室。因老师只有我父亲一位，再加上交通不便，又不通电，可见条件是多么艰苦，父亲的任务是多么繁重。正因为学校条件差，每年的失学儿童都在增加。父亲就一家一家的去劝学，在劝学的过程中，父亲学会了喝酒。当地的农民喜欢用粮食自己烤酒，所以喝起来就很豪爽，父亲经常醉倒在农民家里。尽管父亲经常劝学，但总有一些孩子还是辍学了，父亲就很伤心。父亲就给上面写信，反映山里的实际情况，但结果是石沉大海，没有起一点作用。

一天，乡上的教育专干来到了父亲的学校，他给父亲传达了一

孤独的英雄

份重要的指示：县上有关领导将要来视察学校。教育专干还说，一定要做好迎接的工作，到时有啥难处当面提出来，也许能起点作用。父亲听了很高兴，在教育专干的配合下，他带领学生排队，练习说"欢迎，欢迎，热烈欢迎！"这"欢迎"整整练了三天。

第四天，县长在镇长、村长的陪同下来到了我父亲的学校。学生早就排好了队，父亲一声令下，学生们就像大声背课文一样嘴里喊着台词。县长挥着手，面带笑容，他握着父亲的手说："辛苦了，辛苦了！"这时县电视台的记者用摄像机对准了父亲，父亲木纳地说："应该的，应该的！"县长说："有啥困难就提出来。"父亲就说："办学条件太差，教室是危房，辍学儿童增多……"镇长咳了一声，他给了父亲一个暗示，让他不要说了，但父亲装作没看见，依然侃侃而谈。县长听完后说："你谈得非常好，特别是你说的这破教室，我们一定会解决的，再穷不能穷教育，再苦不能苦孩子。"父亲激动得抓住县长的双手，眼泪扑扑而流。县长视察完学校后便走了。

这天晚上，父亲回家时心情很好，母亲给他炒了几个小菜，父亲边喝酒边看电视。我突然发现父亲上了电视，便大喊大叫，父亲和母亲睁大了眼睛，确认这就是父亲时，父亲哈哈大笑起来。这时主持人说，县长情系山区教师，教师感动得热泪长流。然后荧屏上出现县长握住我父亲的双手，父亲泪水长流的境头。一会儿，这条新闻就播完了，但父亲始终没看到那破烂的教室，听到他自己说的那些话。父亲很失望，端起酒杯一饮而净，那晚父亲喝醉了。县长的视察，并没给父亲的学校带来任何变化。父亲每天就开始喝闷酒，有时上课时还带着酒瓶，但父亲在上课期间从没喝醉过。

父亲不罢休，他本打算找县长，但考虑到县长太忙，就去找镇长。这天，父亲来到了镇长的家，镇长没在家，镇长在镇上一家豪华的酒店里陪领导。父亲就在酒店门前等，父亲足足等了三个多小时才见镇长出来，父亲拦住镇长，父亲说："教室再不修，恐怕学生都会走完了，假设哪天教室倒塌了咋办？"镇长不耐烦地说："现在经费紧张，再说全县又不是只有你一所这样的学校，以后不要再给我添乱子了。"

风亲默默地回到了学校，默默地喝酒，默默地流泪。

山里开始下起连夜雨，一下就是好几天。外面下大雨，教室里下小雨。一天，父亲正在上课，父亲感觉到了教室异样，连忙喊叫学生朝教室外走，教室一片混乱。其中几个一年级的学生吓得呆呆不动，父亲就把他们朝出抱。当剩下最后一个孩子时，父亲抱住他朝外冲时，教室突然倒了下来，父亲和孩子都受伤了，那孩子因流血过多，抢救无效而死了。

学校的倒塌在全县引起了震动，省上有关媒体也作了报道。一石击起了千层浪，于是在原校址的基础上建起了一所希望小学。

父亲又回到了学校。每天父亲都要独自去学校后面的山坡，山坡上葬着那个孩子。父亲说："孩子，你死得值，可惜代价太大了。"

那孩子就是父亲的小儿子，我的 7 岁的小弟弟。（摘自《满分作文·高中版》）

天　才

"孩子"是个考试天才，但在生活上却是个低能儿，这是一篇发人深省、令人反思的小小说，作品涉及的是一个热门而又至关重要、令人挠头而又绕不开的话题——教育孩子的问题。

孩子是个天才，准确的说是个考试天才，只要是考试，孩子准

孤独的英雄

是班上第一名。

孩子的母亲是个教师,父亲是个局长。孩子还在肚子里时,父母就给他制定了宏伟的计划,上名牌大学,出国留学。

为了养成孩子爱学习的习惯,从幼儿园开始,父母就开始实施他们的计划,不准孩子看电视、不准孩子玩游戏,要求孩子按时完成作业,同时给孩子讲大量中外名人成功的故事,他们要把这些故事潜移默化在孩子的脑海里,让他们成为孩子成长的榜样。

孩子也挣气,照着他们的计划成长着。孩子小学、初中、高中一直都是班上的第一名。

孩子上高三时,父母谢绝了一切活动,断绝了跟亲朋好友的来往,他们成了孩子的贴身管家,照顾着孩子的衣食住行,家务活从不让孩子干。孩子的一举一动都在他们的关注中,他们给孩子买各种营养补品,怕影响孩子,他们在家里从不看电视,说话也轻言细语。

高考终于来临,父母请了假,陪着孩子去考场,孩子进考场后,他们就在外边等。

慢长的三天过去了,孩子考完后,父母才长长松了一口气。

高考成绩出来了,孩子考得非常好,全省的高考状元。

记者闻讯后涌进了他的家,面对记者提问孩子不知道说啥。孩子的母亲化解了尴尬的场面,"孩子这几天累了,有啥问题就问我吧,我是他的新闻代言人。"

很快,孩子收到了北京某名牌大学的录取通知书。

孩子拿着通知书傻笑了半天,然后就坐在那发呆。

母亲说,"我带你出去玩。"

孩子说,"没意思。"

母亲说,"我带你去看电影。"

孩子说,"没意思。"

母亲说,"你想去哪里?"

孩子说,"我哪都不去。"

母亲说,"那你在家看电视。"

孩子说,"没意思。"

母亲说,"那就玩游戏。"

孩子说,"没意思。"

无论母亲问啥,孩子总是三个字——没意思。后来孩子连没意思都不说了,整天坐在那里发呆。母亲问他话,他就呆呆望着母亲一言无语。

连续几天孩子都是这样,母亲想是不是孩子身体不舒服,就带孩子去医院,一检查啥都正常,但孩子依然不说话。

母亲偷偷咨询了几个教育专家和心理医生,他们说孩子可能得了考试综合症,只有考试才能提起他的精神,如今没考试他就自然就没精神,就像一个战士,没仗可打他们内心一定就很寂寞。

回家后,母亲说,"你今天想吃啥?我给你做。"

孩子木然望着母亲无语。

母亲又重复一遍,"你今天想吃啥?我给你做。"

孩子依然木然望着母亲。

母亲毕竟是个教师,她用笔在纸上写道:你今天想吃啥? A 包子 B 米饭 C 面条 D 稀饭。

孩子接过纸条,突然来了精神,双目炯炯有神,他在"B 米饭"后边打了一个"√"。

母亲非常高兴,看来孩子一切正常,她又在纸上写道:你今天心情如何? A 好 B 非常好 C 一般 D 糟糕。

孩子高兴的在"C 一般"后边打了一个"√"。

吃完饭后,孩子不看书不看电视坐在房间发呆。母亲见时间不

孤独的英雄

早了，就说，"孩子，睡觉去吧。"孩子木然望着母亲，好像根本没听见母亲说啥。

母亲在纸上写道：你现在的任务是：A 睡觉 B 不得不睡觉 C 一定睡觉 D 还是睡觉。

孩子拿着纸条陷入沉思，最后笑了笑，用笔在"A 睡觉"后面打了一个"√"，然后乖乖睡觉去了。

开学报道的日子快到了，母亲就开始给孩子准备行李，她突然想到孩子长这么大，他从没做过家务从没洗过衣服，可以说是衣来伸手饭来张口，也从没跟陌生人打过交道，这如何是好？

母亲失眠了。

第二天，孩子把房间翻的很乱，把床都掀了起来，母亲问，"孩子，你在找啥？"母亲见孩子没反映，她立即在纸上写道，"论述题：你在找啥？"孩子在纸上写道："我做了一个梦，他们都在找童年，我不知道童年是啥东西，我醒来后就找童年……"

母亲眼里有泪，她转身悄悄擦了。（《小说选刊》《青年文摘》《小小说选刊》《微型小说选刊》《青年博览》等 60 多家报刊转载，收入高考试题中）

程　序

大姑拄着拐杖出院了，她的一双腿已废了，拐杖将伴随她一生。

大姑是位民办教师。

大姑所在的学校在深山老林里的半山腰上，这里交通闭塞，又不通电，这是方圆几十里唯一的一所学校。所谓的学校是由当年的

62

仓库改装而成的，如今已破烂不堪，土墙已裂开了缝，屋顶可见阳光，特别是下雨天，教室里潮湿一片。大姑是这所学校里唯一的老师，大姑带着4个班，复式教学，从1年级到4年级，可见大姑的工作强度是多么大。就是在这样一所学校里，大姑一干就是20年，每月工资100元，就是这仅有的工资有时还经常拖欠，拖欠最久的一次竟达一年之久。

由于学校的年久失修，家长们有点不放心，每年都有学生辍学，大姑就翻山越岭去劝家长，经过大姑苦口婆心的劝说，孩子们又回到学校时，这一天大姑就特别兴奋和高兴，但有的孩子无论你怎么做工作就是不来学校，大姑望着那空座位经常发呆，有时就有种想哭的感觉。

大姑熬了一个通宵，写了一份学校需要资金维修的申请报告。

大姑揣着申请报告，推开了村长的办公室。大姑说，学校再不维修，存在安全隐患……

村长打断大姑的话说，我知道了，现在经费紧张，要层层审报，你的报告先放在我这里，经研究后我们一定上报上去，这是一个程序的问题。你先回去吧，一有消息我会通知你的。

转眼一年过去了，大姑见没动静又去找村长。

大姑说，现在辍学的孩子越来越多，学校再不维修，随时都有倒塌的危险……

村长打断大姑的话说，经过村委会讨论后，我今天已把你的报告递到乡上去了，这是一个程序的问题，你先回去吧，一有消息我会通知你的。

又是一年过去了，大姑见没动静就去找乡长。乡长没在办公室里，在酒楼里。大姑推开门后，看见了桌上摆满了丰盛的酒菜，这一桌最少也是二、三佰，大姑自报家门后，说，学校再不维修，随时都

孤独的英雄

有倒塌的危险……

乡长摆了摆手,满脸不悦地说,你的报告昨天我已递到镇上去了,你先回去慢慢等吧。

大姑说,我不能再等了。

乡长摆了摆手说,这是一个程序的问题,你没看见我正在忙着陪客人吗?

大姑回去后痛苦了一夜。

花开花落,冬去春来,转眼又是一年过去了。学校的土墙已开始倾斜,用几个木柱衬着。大姑见不能再等了,她把3年前写的那份报告底子翻了出来又重新抄了一遍,就直接来到了县教育局。

局长翻了翻大姑的申请报告说,我昨天收到一份一模一样的报告,也是你写的,我还没细看,等我们研究后再给你答复。

一年后,经费拨到了镇上,镇上又拨到乡上,经过层层"拔毛"到村上时已所剩不多了。

大姑知道钱已拨到村上,就去找村长。村长没在,有人向她呶了呶嘴,意思是到对面的酒楼去找。大姑推开了酒楼的门,村长果然在,正在喝酒划拳,还有几位她不认识。村长见了大姑,打着酒嗝说,我们正在研究,你也知道,这是一个程序的问题,你先回去,我们尽快解决。

大姑想说你们研究怎么在酒楼里研究,话到嘴边大姑忍住了,钱毕竟还在人家手里。

一个月后,大姑又去找村长。大姑说,现在是暑假,正好修补学校。

村长不高兴地说,我们正在研究,你急啥吗?你还想不想转为公办教师?

九月份开学后,秋雨绵绵。大姑知道不能再等了,她利用中午休息时间去找村长,大姑说,现在真的不能再拖了,万一学校倒塌了砸伤学生，你担得起这个责任吗？今天不给钱，我就不走了。

村长抽完了一根烟后说，那好，我去会计那里给里办手续。

一会儿，村长把10张佰元摔在大姑的面前说，这是1000元，你写个5000元的收条。

大姑说，这是1000元，怎么叫我写5000元收条？

村长板着脸说，你这人怎么这么多话，你还想不想转为公办教师？一句话，要不要？不要我就收走了。

大姑写完收条，把钱揣好后就朝学校赶去，这时雨越下越大，大姑跑了起来，她担心教室里的孩子。大姑赶到学校时，教室里集了很多水，土墙经过雨水的浸泡后随时都有倒塌的危险，大姑一边排水一边大声喊道，大家快离开教室。这是屋顶的檩子在喳喳作响，几片瓦片落在了讲台上。大姑声竭力嘶的喊道，大家快跑！学生们都朝教室外跑去。几个一年级的学生吓呆了，坐在那里一动不动，大姑冲了过去抱起他们朝教室外跑。当剩下最后两个同学时，大姑夹起他们朝门外跑时，屋顶的檩子断裂了，砸了下来，接着墙开始倾斜朝他们倒来，大姑情急之下把两个孩子压在身下，轰的一声墙倒了下来。

大姑醒来时才知自己躺在医院里，她醒来时第一句话就是，孩子呢？他们怎样？当大姑得知，一个孩子已脱离危险，另一个因失血过多而死了时，大姑再一次晕倒。

大姑拄着拐杖出院了，她的一双腿已废了，拐杖将伴随她一生。这是教育专干找到大姑谈话，他拿出一份红头文件递给大姑。文件上写着对这件事的处理情况，所有的责任都在大姑一人身上，首先，上面拨的资金，大姑没能及时修补学校，如果修补及时不会出现这种情况。其次，出事的当天，大姑曾离开学校，玩物职守，没能及时排出险情。文件最后是对这起事故的责任人大姑予以解聘。

大姑浑身颤抖着，文件从她手中滑落后在空中翻了一个跟头，落在了她的脚前，泪水顺着她的脸颊淌了下来……

（原载《广西文学》，获第五届中国微型小说年度二等奖）

得意门生

　　三位得意门生再次成为媒体关注的焦点，常星走私犯罪集团走私货物几百个亿，任吾飞和向天等充当了帮凶。曾让我引以为豪的学生，如今却成了我一生的耻辱……

　　我从教 30 多年，教的学生没有 1000 也有 800，但我最为得意的门生只有三位，他们是常星、任吾飞和向天。三人都考上了全国重点大学。常星毕业下了海，他办了几个公司，据说资金过亿。任吾飞和向天混得也不错，现在分别是市委书记和市长。每次班会，我都要在同学们面前提起这三位非凡的人物，这三位人物慢慢地成了同学们学习的榜样。

　　自我有了这三位的得意门生后，每天托我办事的人倒不少，但都被我婉言拒绝，我说，要找你自己去找吧，我一天忙得哪有时间。我一次又一次的拒绝他们，他们便不好意思找我了，就带着礼品找我老婆，我把老婆痛骂了一顿，老婆乖乖地把礼品给人家退了回去。他们就私下里议论我是个木脑袋，捧着金饭碗却不会利用。总之，关于我的谣言此起彼伏，但我坚信身正不怕影子斜。

　　一天，校长找到我说："我也听到了你的一些不少坏话，我相信你是一个好教师。"我说："谢谢你对我的信任。"校长神秘的伏在我的耳旁小声说："关于你的职称问题，评委们对你意见很大，但你这次放心，我一定会给你解决的。"我激动地说："我不知怎么感谢你才好？"校长笑着说："不要客气，但有一件小事要麻烦你一下，不知你肯帮忙不？"我说："只要我能帮上忙的，我一定尽力而为。"校长说："学校想搞50周年校庆，到时你一定要把你的三位得意门生请来。"我说："小事一桩，我叫他们来，他们不敢不来。"

我一个电话便把常星、任吾飞和向天请了来，他们三人见了我毕恭毕敬，问寒问暖，让我好一阵感动。常星说："刘老师如有什么难处，请提出来，我们一定满足你的要求。"我说："我没什么难处，只是这学校破破烂烂的，快成危楼了。"常星说："刚才校长找我们谈了，我们三人准备投资100万重新修建教学楼。"我突然明白了校长要我请他们的意思了，我心里虽然高兴，但却不是滋味。

校庆在鞭炮声中开始，任吾飞和向天分别讲了话，轮到常星时，他在大会上宣布为母校投资100万重新修建教学楼。掌声如雷鸣般响了起来，照像机，摄像机对准了他们。

校庆完毕，我坐上了常星的毫华小车去了市里最高档的酒店，他们点的全是熊掌、燕窝、甲鱼、龙虾之类，还有好多我叫不出名的菜，以及一些野生保护动物之类的东西。喝的酒是好几百元。我一个月的工资，还不抵一瓶酒钱。常星、任吾飞、向天三人轮流向我敬酒，酒下肚后，我竟有种说不出的滋味，

酒足饭饱后，市委书记任吾飞说："趁着酒兴，咱们去三楼唱几首歌。"市长向天附和道："常星大哥今天请客，不宰白不宰。"我被他们推进了歌厅的包厢，包厢灯光很暗，他们三人去了另一个包厢。一会儿，一个妖艳的小姐来到了我的身边，我问她找谁，她说找我，就坐在了我的身边。我挪了挪屁股，说："我不认识你。"小姐说："相逢何必曾相识。"小姐坐在了我的腿上，我吓了一跳。

67

孤独的英雄

我推开她说："你想干啥？"小姐笑了，"这位大哥真幽默，我看你是第一次来吧。你们老板已给了钱，你想干啥就干啥！"她边说边脱衣服。我的脸由红变白，我跑出包厢，一脚踢开了另一个包厢，我看到常星、任吾飞和向天他们一人抱着一个小姐在打情骂俏……我本想痛骂他们一顿，但话到嘴边竟气得说不出话来。我说："谢谢你们的好意，我走了。"

不久，为这事我气得大病一场。病好后，我开始变得沉默寡言，我再也不在学生们面前提起我的这三位得意门生，我要忘却他们。

校长尝到了校庆的甜头，第二年又要我去请我的三位得意门生。以前我对校长总是维维诺诺，生怕得罪了他，如今我却把校长骂了一顿，我说："反正我快要退休了，市长我都敢骂，我还怕你吗？"校长悄然的走了。

第二天，我的儿子被校长提拔为办公室主任。儿子大感意外，其实我心里非常明白。但最后我还是没请我的"得意门生"，因为少了这三位核心人物，校庆终没举行。

一年后，我的三位得意门生再次成为媒体关注的焦点，常星走私犯罪集团走私货物几百个亿，任吾飞和向天等充当了帮凶。

他们三人执行死刑的那天，我站在窗前发呆，曾让我引以为毫的学生，如今却成了我一生的耻辱……那晚，我失眠了。

偷　睽

我不由得为当年对王志强的误解愧疚不已，我恨不得地上有个洞能钻进去……

第二辑　校园春秋

大学毕业后，我分到秦巴山区一所叫苦瓜村中学的地方任教。

我被安排带初三的慢班，所谓的慢班就是差生班，学生们的学习成绩不好，他们经常迟到旷课，作业不做，搞恶作剧、打群架……学校对他们已不抱任何希望，就听之任之。在没有老师愿当慢班班主任的情况下，年轻气盛的我决定勇担重任，我不想让这些孩子们白白浪费青春。

当我推开教室门的时候，一把扫帚落在了我的头上，同学们哄堂大笑起来，没想到迎接我的却是这样的场面。我强忍住泪水开始给他们讲课，但班上乱哄哄的，做小动作、说话，他们仿佛没有我这个老师存在。我想起了一位老师曾给我说，第一堂课要给学生们一个下马威，否则以后镇不住他们。擒贼先擒王，我早就听说王志强是班上的"猴王"，好多坏事都是他在操纵的。我把目光盯向他，他在一张纸上画了一个什么，然后揉成一团扔给前排的同学，学生们打开一看哄堂大笑，然后又扔给别的同学。我捡起纸团打开一看，纸上画了一个裸体女人，上面竟写着我的名字，我生气的把纸揉成一团上扔在他的脸上，而后又打了他一巴掌，他愣愣地站在那里，班上顿时鸦雀无声。

自我收拾了王志强后，班上的风气顿时有了好转。

转眼夏季到了，学校没有澡堂，每天洗澡都是在宿舍里洗，而男老师都在校门前的小河里去洗，在一位女老师的纵勇下，晚上我们偷偷也来到了小河，在一棵大树下，我们脱了外衣，水有点冷，我不敢下去，那位女老师一把抓住我把我拖下水，我惊叫了起来，我们在水中嬉戏着。突然我听到了有点响动，我抓起衣服大声喊道，"谁？"借着朦胧的月光我看到一个单薄的背影在草丛中飞快的跑了，背影有点面熟，但我又不敢确定是哪位。

从那天以后，我再也不敢到小河里去洗澡了，一想到那双眼睛

69

孤独的英雄

我就有点不寒而栗。

一天晚上，我在宿舍里洗澡时，我听到了窗外有点异常，我迅速穿上衣服拉开门，那人撒腿就跑，我追了上去，抓住了他，借着路灯我看清楚了那张脸，他就是王志强，我气得打了他一巴掌，并骂了一句流氓。

第二天，王志强一直低着头上课，他不敢看我的目光。下课时他跟在我身后一直到办公室，他说，"刘老师，你不要告诉校长，我……"我不耐烦的说，"你不要解释了，我一见你就恶心。"我考虑了好久，最终还是把王志强的事告诉了校长，但我做梦都没想到的是学校作了对王志强开除的处分。

后来，我离开了苦瓜村中学，去了省城一所学校。

转眼间20年过去了。一次一位朋友叫我陪他去观看一位全国著名青年画家的画展，朋友突然惊叫起来，他指着一幅油画说，"这不是你吗？"顺着朋友的手指我看了过去，那幅画上的人就是我，我的脸突然红了，我低下头准备离开时，却撞在了一位男子的身上，那男子说，"刘老师，我就是王志强。"我吃惊的说，"你就是这次画展的作者？"王志强点了点头，我顿时明白了，这幅画就是当年王志强偷瞄的"结果"，我傻呆呆地站在那里不知该说些什么。

王志强说，"刘老师，你的身材太美了，充满青春的活力和朝气，简直是艺术上的珍品，难道你没感觉到吗？"我抬起头，仔细打量了一下画中的我，从没发现我竟有这么美，我不由得为当年对王志强的误解愧疚不已，我恨不得地上有个洞能钻进去……

第二辑　校园春秋

山垭狗蛋乌龟

看完女友的分手信，我泪水长流，四年的感情被现实轻轻一撞就破碎了。

师范毕业后，我分到深山里的一所山垭小学，那年我20岁。

山垭小学只有一位老师，家长们习惯叫他老校长。老校长已是60多岁了，本来早就该退休了，但这所小学一直没有老师愿来，就是来了顶多呆过半年就走了。老校长老了，教书已感到吃力了，县教育局就把我分到这所偏僻的小学接替老校长的工作。

老校长给我交代完工作后，他竟给我跪了下来，他说，"山里虽穷，但这些娃们憨厚老实，聪明可爱……虽有个别调皮捣蛋学生，如狗蛋，但他们本质都是好孩子。我希望你能留下来。"我扶起老校长说，"你放心，我会留下来好好教他们的。"

山里空气很好，校园四周开满了各种野花，校园时时飘荡着好闻的轻香。课余，我带学生去爬山采摘野花或去小溪里捉鱼捉虾，我的生活过得很充实和美好。

这种甜蜜的生活很快被女友的一封分手信击碎了。信很短，她说面对现实她不得不做出选择，年底她将结婚，嫁给一位局长的儿子，同时工作也将从山村小学调到县城小学。看完女友的分手信，我泪水长流，四年的感情被现实轻轻一撞就破碎了。我的精神几乎崩溃，上课也无精打采，有时动不动就发脾气

我终于病到了。

孤独的英雄

我强打着精神上课，我像以往一样开始点名，当我点到狗蛋时，他匆匆跑来，站在教室门口大声应了一声。学生们哄堂大笑。我抬起头说，"我十次点名你九次都不在，今天太阳怎么从西边出来了？你昨天和前天为啥没来上课？"狗蛋低下头不语。我早就想收拾狗蛋，他好几次把死青蛙塞在别的学生书包里，学生上课时吓得大哭大叫。但狗蛋死活不承认是他干的坏事，反尔一本正经为我要证据，弄得我好几次都下不了台。这时一只乌龟从狗蛋的身边爬了出来，几个学生吓得尖叫起来，教室里顿时大难。狗蛋嘿嘿一笑，"胆小鬼。"然后伸手提起乌龟把它塞进网兜里。

我生气的走到狗蛋面前，"这次看你怎么狡辩。"狗蛋低着头说，"我不是故意的。""你还有理。"我伸手一巴掌打在他的脸上，他的脸上时呈现几个指印。

放学后，我把狗蛋留下来让他写检讨。

天都快黑了，狗蛋没写一个字。

我大声吼道，"你为啥不写？"

狗蛋理直气壮地说，"我没有错。"

我拍着桌子说，"你脸比城墙转拐都还厚，把死青蛙塞在学生书包不说，你还弄只乌龟来吓人……"

狗蛋红着脸说，"死青蛙是毛娃干的，不是我干的。那天毛娃把死青蛙朝别的同学书包里塞时被我看见了，他说我如果告诉老师真相，他们就要打断我的腿，所以我不敢说。"

我的怒火熄了一半，"你为啥弄只乌龟吓人？"

狗蛋流着泪说，"老师，我看你生病了，听奶奶说乌龟是大补的，我就去河里捉乌龟，我守了两天两夜才捉到这只乌龟……"

我这时才注意到狗蛋手上有个小伤口，那一定是乌龟咬伤的。我鼻子一酸，紧紧抱住这位自小失去父母的孤儿，我泪水流了出来……

后来，因种种原因我还是离开了山垭小学去了省城。转眼间十年过去了，我脑海里时时浮现出狗蛋的身影，也不知他现在过得怎样？……

简单与复杂

在现实生活中，常常会有人被世俗的东西所累，把这个世界想得多么复杂，其实生活中有一些事情原来很简单，是我们自己把它搞复杂了。

那年师范学校毕业后，我被分到深山里的一所学校教书。

学校位于海拔1700米的山顶上，复式教学1—5年级，老师只有我一位。山里的孩子很调皮，而且学校没有水，吃水要到山下去挑，每天我累得苦不堪言。后来，我想了一个办法，在课堂上开始提问，谁要回答不出来，就去山下提水。

一天，我叫小毛背诵李白的《望庐山瀑布》，结果他没背出来，我就叫他去提水。那天天上飘着毛毛细雨，小毛一不小心滑倒了，扭伤了脚，水还泼了他一身。结果小毛的父亲气势汹汹来到学校大骂了我一顿。我感到心里很委屈。那夜，我在山顶坐了一夜，我想了很多，下定决心要离开这贫瘠的大山。

就在我打算准备想调走时，一位白须子老爷爷牵着他的孙子来到我的房里，老爷爷指着他的孙子说："叫刘老师！"小男孩怯怯叫了一声，然后躲到他爷爷身后去了。老爷爷接着说："你不能走，因为咱们这里没文化，所以才穷。"我问："你怎么知道我想走？"

孤独的英雄

老爷爷说:"每次分到这里的教师顶多干过一年就走了。这样来来去去不停的换老师,结果是耽搁了孩子们。我们爷孙俩向你叩头,请你一定留下来。"老爷爷和他孙子在我面前跪了下来。我连忙扶起他们,说:"快起来,我答应你们的条件。"

第二天,我起床时,发现房外的水缸装满了水。后来,天天如此,我明白了是学生家长轮留给我挑水。我心一暖,多么质朴的乡亲啊。同时我也发现,学生们突然懂事多了,再也没发生过打架骂人,课堂捣乱之类的事了。那年全区统考,我班获得了语、数全部第一名。

整天叫学生家长给我挑水,我心里很不是滋味。我想如果在山上安装个水泵,那么不就解决了我的吃水问题吗?同时也不解决了村民吃水的问题吗?此法一想,我异常的激动和兴奋,当晚就给县政府、县教育局写了一封申请报告。

两个月后,我见没动静,我知道如今办事没有关系,没有"贡品"是不行的,我于是买了十几个紫阳茶和黑木耳之类的当地土特产送给了有关领导。

半年后,见没动静,我又买了一些土特产送给了有关领导。结果还是没有动静,这下我失望了。

一次,我去区上参加先进教师表彰大会。在会上我认识了一位老头,我给他谈起了我校的情况。老头说:"这事情很好办,我是县人大代表,到时我把你的情况在县人大会上提出来……"我给他敬烟,老头摆了摆手说,"不会。"

一个月后,县教育局把两万元的支票送到了我们手中。

不久,一座崭新的水塔建立起来。学生们围着哗哗流水的龙头高兴地又唱又跳,这时,我的泪水也流了出来……我要感谢那位老头,他和我素昧平生,至今都不知他姓啥,他连我的一根烟都没抽就把我们的事办成了。生活中，有一些事情原来很简单，是我们自己把它搞复杂了。

在现实生活中，常常会有人被世俗的东西所累，把这个世界想得多么复杂，其实生活中有一些事情原来很简单，是我们自己把它搞复杂了。做为教师，干好我们本职工作才是重要的，要相信人间有大爱。

第三辑　人生百味

　　通过一个个动人心魄的故事，展示不同的生活场景和各异的心路历程：富裕的、贫穷的、幸福的、苦难的、欢乐的、悲哀的……人生是如此的百味杂陈，繁纷多变。但不管处境如何，人们还是在孜孜不倦地寻觅着、忙碌着。

捉猴记

　　猴子有两个选择。要么放下香蕉，伸出手来。要么一直握着香蕉，困在那里。实际的情况会怎样？猴子会一直握着香蕉站在那里。

　　中秋节这天，毋旺根开着奥迪车，拉着妻子和儿子，一同回到老家猴山，看望父母。
　　车刚停好，70多岁的母亲和父亲就迎了上来。母亲拉着儿媳的手问这问那，父亲摸着孙子的头一脸笑容。看着身边停着的黑色奥迪车，老父亲看了一圈又一圈，摸了一遍又一遍，"这辆车是你刚买的？"

第三辑 人生百味

"是我刚买的。"毋旺根说。

"多少钱？"老父亲又问。

"三十几万。"毋旺根说。

老父亲摸着车又说，"你咋没坐原来那辆白颜色车回来，你原来的司机呢？"毋旺根说，"中央实行八项规定，省上搞车改，我这样的副厅级干部就没有专车坐了，原来那辆凯美瑞上交了。司机是临时工，走了。"老父亲又说，"我在报上、电视上看了，官员大部分都没专车了，但给你们发补贴了，你开自己的车回来，这就对了。村里人也不再说咱开着公家车扎势了。"

毋旺根无语，他从后备箱里拿出10盒月饼。老父亲一脸不高兴地说，"你提这么多月饼回来，是别人送的吧？"毋旺根忙解释说，"现在谁给送月饼啊，我两三年都没收过一盒月饼。这些月饼，除了你们吃，再送给亲戚一些。"老父亲又问，"这都是你自己掏钱买的？"毋旺根一脸苦笑说，"是自己掏钱买的。现在，对公款买月饼，管得死得很，谁还敢拿公款买月饼！"

老父亲说，"自己花钱买月饼，这就对了"

毋旺根的家离县城不远，快到中午了，他怕父母劳累，提议去县城吃饭。一家人高高兴兴来到县城一家饭店，要了个包间，点了一桌菜。一家老小，有说有笑，亲情洋溢。饭毕，服务员结账，686元。母亲瞪大眼睛，"这么贵！"毋旺根说，"跟你们二老过中秋节了，不贵，值！"

吃完饭，毋旺根对服务员说："把发票开上。"老父亲忽一下站起来，"私人吃饭，还开啥发票？"毋旺根说，"开发票，是给国家缴税呢。"老父亲说，"你可别拿回去，让公家报销。"毋旺根说，"不会的，现在对公款吃喝管得严得很！"老父亲听后长出一口气说，"自己掏钱吃饭，这就对了。"

孤独的英雄

离开酒店，老父亲心情很好，提议去猴山转转。

老父亲说，"你实话告诉我，你的车是不是别人送的？月饼也是别人送的？开发票是不是有人给你报销……"

老父亲一连串的问题，让毋旺根很尴尬，他无语。

"你说话啊！"

"你怎么知道的？"毋旺根低着头说。

"我们刚在饭店消费686元，你为何让服务员把发票开成是1686元？"老父亲沉默了半天，他指着远处树上的一只猴子说，"你看到那只猴子没？"

"看到了。"

"你看我如何抓住它？"

毋旺根不信，"凭你老态龙钟，如何抓猴子？"

老父亲拿出早已预备好的一个箱子，箱子顶部开个孔，箱子里放着美味的香蕉。箱子孔的大小刚好能让猴子把手伸进去。老父亲悄悄走了过去，把箱子放在树下，然后跟毋旺根躲了起来。过了一会儿，猴子来到箱子旁左右看了看，然后把手伸了进去，猴子抓住香蕉，它就必须握起拳头。但是握起的拳头却没法从孔中挣脱出来。

老父亲说，"现在，猴子有两个选择。要么放下香蕉，伸出手来。要么一直握着香蕉，困在那里。实际的情况会怎样？对了，猴子会一直握着香蕉站在那里。"

毋旺根半信半疑。

老父亲走了过去，轻而易举得抓住了猴子。

毋旺根望着猴子，他突然感觉那猴子就是他自己，他无地自容。

老父亲拍了拍毋旺根的肩膀，语重心长地说，"你从一个农村娃，能成为咱村里最大的官，不容易，我成天在报纸电视上看，这个官被抓了，那个官被判了，我总为你捏把汗。记住，不要占公家便宜，下次你给老人买月饼，一定要花自己的钱。记住，你是人，不是猴子！"

毋旺根低着头说，"我错了，我知道我该怎么做了！"（获世界华文小小说大赛三等奖）

手莫伸

手莫伸，伸手必被捉。

张三和李四从小一块长大，从小就暗暗较劲，他们不仅是同学，还是情敌。

高中毕业，他们同时考上了省城师范大学，在大学里的老乡会上，他们认识了王二倪，两人同时喜欢上了她。王二倪也很纠结，两个男生她都有点喜欢，张三不善言辞，诚实本分。李四油嘴滑舌，英俊潇洒。如果二合一该多好啊，她也知道鱼和熊掌不可兼得，父亲的那句话常在她耳旁回荡，"找男朋友要找诚实本分的，帅又不能当饭吃，还易花心"，最后她选择了张三。

那时大学生国家分配工作，三人毕业后都分到了离县城百多里外的一所偏僻的中学。

两年后，张三和王二倪结婚了。李四痛哭一场后，离开了学校，通过父亲的关系他转行到县政府上班。

王二倪家在县城，她也想把工作调到县城的城关中学，但调工作谈何容易，她听说了要想调到县城，至少要花10万，两人刚结婚，手头也不宽裕，这事就慢慢搁浅了下来。直到又一个同事调走了，她的心又开始蠢蠢欲动，她委托一个朋友牵桥搭线，把2万送给了教育局局长。一年过去了，一点动静都没有，她知道自己钱塞少了，

孤独的英雄

这事黄了。王二倪几次想去局长家把钱要回来，张三就劝她算了，如果要恐怕今后就有小鞋穿，吃过哑巴亏算了。王二倪就发脾气，说张三无能没本事。

随着小孩的出生，王二倪想把工作调到县城的愿望就越来越强烈，只要离开大山，就算调不县城，县城附近的川道学校她也愿意。

一天，王二倪去县城开会，在街上遇见了李四。

李四说，"这些年你好吗？"

王二倪叹了一口气，没正面回答，她说，"你呢？"

李四说，"刚开始给县长当秘书，后到镇上当书记，接着到卫生局当副局长，兼县医院的院长。"

王二倪一惊，"几年没见，没想到，你爬的这么快啊！"

李四呵呵一笑，"以后有啥困难，只要你提出来，我一定想办法帮你解决。"

王二倪望着李四，随口说道，"你能帮我把我调到城关中学吗？"

李四淡淡一笑，"没问题啊，城关中学的校长和教育局局长都是我哥们。"

"真的吗？"

"当然是真的，"李四说，"上车吧，我带你去一个地方。"

王二倪上了李四的车，来到一处豪华的别墅，别墅金碧辉煌，装修的就像皇宫。

"这是哪里？"

"我的家。"

"你老婆呢？"

"离了。"李四轻松地说，"实话告诉你吧，这别墅我不常住，我有20套房，40个车位……"

"你哪来这么多钱？"王二倪惊呆了，如果当初选择李四，这将会是一种什么生活，她不敢想。

李四笑了笑，不语。

当夜，王二倪留在了别墅。

不久，王二倪果然没花一分钱，顺利的调到了城关中学。

从此，王二倪经常去李四的别墅幽会。李四还偷偷带着王二倪去了趟香港和澳门。回来后，王二倪开始看丈夫张三不顺眼了，吵着要离婚。

"你外边是不是有人了？"张三说。

"没有。"王二倪有点慌乱。

张三不信，同时坚持不离婚。

张三也听到了王二倪一些闲话，刚开始他不信，偷偷跟踪了几次，终于发现了王二倪和李四在别墅幽会。张三恨不得冲进去，好好收拾李四一顿，想来想去，他装作什么都没发生，最后回家了。

第二天，王二倪回来了。

"昨晚干啥去了？"张三平静的说。

"加班。"王二倪镇定的说。

"以后记得早点回来。"张三装作什么都没发生，旁敲侧击的说，"昨天我在街上遇见了李四，别看他现在春风得意，'手莫伸，伸手必被捉'，他这只'苍蝇'迟早会出事的。"

张三不罢休，咽不下这口气，他就开始搜集李四的证据，在网上匿名举报。说李四住别墅，开豪车，包情人，在人事、药品、设备采购、基建等方面大肆暗地捞钱。当然好多都是他听别人说的。

上面派人来调查，结果不了了之，李四依然稳坐钓鱼台。

张三明白，李四有靠山，要扳倒他不容易。

两年后，张三没想到的是，外县的一起医院院长受贿案牵出涉及三市的受贿串案，李四被牵扯进来了。

孤独的英雄

李四被逮捕了。

不久，省城的一家报纸对这事做了报道，报道中说李四在外边包了6个情人。

张三把报纸递给了王二倪，"手莫伸，伸手必被捉。"

王二倪匆匆看了一下标题，长叹一声，脸慢慢变绿了，气得说不出话来……

选 择

我见他第一眼，就知道他迟早会出事的。公仆就是为人民服务，而不是为自己服务，他颠倒了主次，而且喜欢贪公家便宜，这种人不出事才怪。

王艳陷于了感情选择的痛苦中，两个男人都爱上了她，她也喜欢这两个男人，鱼与熊掌不可兼得，她不知道该如何去选择。

张三高大英俊，在市政府上班，给市长当秘书，前途无量。李四憨厚老实，是个小学教师，喜欢钻学问，没不良嗜好，是个实在人。王艳把张三和李四放在心里的天平上比较来比较去，一会儿张三占上风，一会儿李四占上风，如果上天能把他两融合成一个人该多好啊，她想抛硬币来决定自己的命运，但她又不相信命运，不想脚踩两只船，又不想把感情当儿戏，她决定找父母谈谈。

父亲听了她的诉说后，说："要不，你把他们带来，我帮你参谋一下。我的眼睛看人准的很。"

王艳点了点头。当然她不能同时带两个男人来见父母，她就给张三说了父母想见他，叫他好好准备一下，第一印象非常重要。

张三自然知道这些，他说："要不这样，我在酒店订过包间，请未来的岳父岳母来吃饭，在家做饭太辛苦了。"

"好吧，给你一次表现的机会。"王艳说。

"放心吧，我会好好表现的。"张三说。

王艳带着父母准时赴约，酒店是市里最高档的酒店。张三见了王艳的父母笑嘻嘻的迎接，把他们安排在上席。

张三打了一个响指，"服务员上菜！"

张三提前点好了菜，菜很丰盛，天上飞的水里游的地上跑的都有，还有他们很少吃的龙虾、鱼翅、燕窝等等。张三打开一瓶茅台酒，给王艳的父亲斟上。王艳的父母看着满桌的菜，"行了，别上了，吃不完是浪费。"

"没事。"张三笑嘻嘻地端起酒杯说，"叔叔阿姨，我敬你们一杯，祝你们万寿无疆！"

王艳的父亲一口而干："这一桌菜，要花不少钱吧？"

张三立即又倒满酒："不贵，9999元。别客气，你们吃菜吧！"

王艳的母亲长大了嘴巴，半天都合不拢。

"我现在好歹也是公家人，我吃的用的住的全是公家的，不用自己掏腰包。"张三掏出一盒烟说，抽出一根递给王艳的父亲，"这也是公家的，一千多元一条呢？"

王艳的父亲："我不抽烟。这烟好面熟，想起来了，电视上见过，说那个局长开会时就抽这种烟，有人在网上一折腾，结果局长被查，揪出一个大贪官。"

张三脸上顿时不自然："没事，我这烟是市长给的。别说这些了，大家吃菜吧。"

王艳的父母笑嘻嘻地吃菜。

酒足饭饱，张三又用公车把他们送回了家。

孤独的英雄

回家后，王艳问父母："你们对张三印象如何？"

父亲说："没比较就没发言权，等明天见了李四再说吧。"

王艳给李四打电话，说父母想见他。李四说："要不这样，我在酒店订过包间，请未来的岳父岳母来吃饭。"

"好吧，给你一次表现的机会。"王艳说。

王艳带着父母准时赴约，酒店是个非常普通的酒店。李四见了王艳的父母笑嘻嘻的迎接，把他们安排在上席。

菜都是家常菜，酒也是普通酒，几十元一瓶的那种。李四说："不好意思，都是家常菜，随便吃，别客气。"

王艳的父亲："这样也好，点多了也浪费。厉行节约、反对浪费，光盘最好。"

李四说："我的论文获奖了，今天我是用稿费请客，心里踏实高兴。"

王艳的父母笑嘻嘻地吃菜。

酒足饭饱，李四拦了一辆出租车把他们送回家。

回家后，王艳问父母："两个人你们都看了，你们说我该选择谁好？"

"当然是张三，人家有房有车有前途。"母亲说。

王艳笑了，其实她也看好张三。

"不行，这事听我的，张三这人不靠谱。"父亲说。

父母为这事吵了起来，最后王艳还是听了父亲的话，嫁给了李四。

十年后，张三当上了副市长。张三的老婆，王艳认识，整天穿着名牌开着名车四处闲逛，手上戴五枚戒指，手腕上还戴着两个大金镯子，特别是脖子上的那块玉，据说价值好几十万。王艳每次看见张三的老婆，回家后就非常生气，如果当初她嫁给张三，那么这一切都是她的。她越想越生气，就把气发泄到老公身上："你看你，这么多年了还是一个穷教师，没出息的东西，嫁给你我倒了八辈子霉。"

李四只是笑笑："牛奶面包会有的，慢慢来。"

王艳一气之下回了娘家，扑在床上呜呜哭。

"哭啥？"母亲问。

"当初我不该听爸的话，如果我嫁给张三，我现在也住别墅、开名车、穿名牌……"王艳说。

"别眼气别人，过好自己日子就是。"父亲说。

王艳哭得更凶了。

几年后，张三出事了。是他外面几个女人跟他闹翻了，小三小四就把艳照发在网上，上面一查，又发现他经济有问题，贪污几千万，家里财产全部没收，还判了个死刑。

王艳在街上遇见了张三的老婆，她像一个霜打了的茄子，无精打采，目光呆痴，衣着普通，脖子上的玉石和手上的戒指没见了……有人说她疯了。王艳想，如果当初我嫁给张三，那么那个女人就是现在的我。

王艳又回了娘家，她说："张三出事了。"

父亲说："我早就知道。"

王艳说："你怎么知道的？"

父亲说："我见他第一眼，就知道他迟早会出事的。公仆就是为人民服务，而不是为自己服务，他颠倒了主次，而且喜欢贪公家便宜，这种人不出事才怪。"（获《文学港》中国浙江廉政大赛三等奖）

同学聚会

参加那次同学聚会后，对我刺激和打击很大，我决心重新振作起来，也要混出人模人样来给他们看。

接到同学聚会的通知，去还是不去，我犹豫了好几天。

我现在下岗了，而其他同学有的混得很好，有当官的，有当大款的，去了我怕丢人现眼。犹豫再三，决定还是去，反正我有的是时间。骑着破自行车哐当哐当的赶到酒店，酒店门口停满了豪华的小车，连放车的地方都没有，我心里不由得有点尴尬，只好把车存放在离酒店很远的地方。

酒店里聚满了老同学，见了面都互相握手打招呼，有的变胖了，有的变瘦了，几个女的聚在一起谈老公和儿子。

这次聚会的所有费用都由王二麻埋单，他现在是某公司的大老板，据说资产过亿，自然王二麻是主角，他热情地跟老同学们握手打招呼。

我跟王二麻打过招呼，见有个空位就坐了过去。

"你好，你好！"

我一看，坐在我旁边的是张三，"多年没见，你也变胖了。"我跟张三聊了几句，张三就跟他旁边的李四热火朝天地聊了起来，我只好一边喝茶一边当听众。

张三说，"你在哪高就？"

李四说，我辞了公职，办了小厂，你呢？"

张三说，"我也下海了，办了个公司。你生意如何？"

第三辑 人生百味

李四说,"还凑合,其他不说,光每年交税都 800 多万,我准备开几个分厂。"

张三说,"不错啊,我每年交税也就是 1000 多万,我也准备在北京、上海、天津和重庆开几家分公司。你现在住在哪啊?"

李四说,"雅荷花园。"

张三说,"这是富人区啊,不错啊。我住的是帝豪小区,欧式别墅。对了,嫂夫人在哪上班啊?"

李四说,"别提了,一提我就生气,她整天开着小车兜风,做美容,跳健美操……你的那位呢?"

张三说,"女人都一样,她整天牵着一只 100 多万的哈巴狗四处溜达,让人见了心都烦。对了,你孩子呢?"

李四说,"高中开始,我就把他送到美国读书去了,我要让他从小就接触国外的一流教育。"

张三说,"我孩子初中开始就在英国读书,我打算让她上剑桥大学呢。"

听了他们的谈话,我恨不得地上有个洞能站进去,我开始后悔来了。这是王二麻拿着话筒开始演讲了,讲了半个小时,最后他手一挥,大声说,"今天大家——,吃好,完好!我埋单——"

大家开始吃饭,王二麻一一给大家敬酒,敬完后张三和李四也开始给大家敬酒。

张三和李四开始滔滔不绝的在同学面前谈自己的公司和工厂,人们都很羡慕他们,纷纷向张三和李四敬酒,张三和李四也出尽了风头。

吃完后,张三和李四指着自己的车说,"坐我的车吧,我送你回家。"

他们的车一个比一个漂亮气派,我打着酒嗝,冷冷地说,"我

87

孤独的英雄

不是坐小车的命，别以为有几个臭钱就了不起了。"

张三和李四开着自己的小车知趣的走了。

望着他们的小车消失在拐弯处，我恨恨打了自己一巴掌，开始骂自己，"没出息的东西，你他妈的把人都丢完了……"

参加那次同学聚会后，对我刺激和打击很大，我决心重新振作起来，也要混出人模人样来给他们看。

我小舅是银行的科长，我找他贷了一笔款，开了一个公司，代理别人的产品。

公司成立后，我在报上打了一则招聘业务员的启事，我承诺工资待遇是全市最高的。

来应聘的人很多，那几天我出差，招聘的事就交给了秘书。

出差回来后，秘书把所有的招聘人员登记表拿来让我过目，在厚厚的一大叠的登记表中我发现了张三和李四的名字，我嘿嘿一笑，同名同姓的人太多了，就在他们名字下做了个记号。我初步选了20个人，就让秘书照我打的记号通知他们明天来面试。

第二天，来面试的人都来了，我一眼就发现了张三和李四，我有点不敢相信自己的眼睛，我把他俩叫到我的办公室。

张三和李四尴尬的一笑，"同学聚会那天，我们是吹牛的，小车是租的，其实我们失业都一年多了。"

他俩的口才都不错，公司需要这类人才，我决定留下他们，"明天你们都来上班吧。"

张三和李四点了点头，"好，谢谢刘总！"

第二天，张三和李四却没来我公司上班。

后来，我再也没见到他们了。

第三辑 人生百味

两盒月饼

他很后悔，后悔自己有能力的时候，为什么没有去帮助那些善良和贫困的人呢？

老高可以说是祸不单行，他下岗了，儿子高考落榜了，老婆又得病卧床不起。

儿子那天回家时，阴着脸，老高从儿子的脸上似乎看到了不妙，他问高考分数线出来了吗？儿子不语。老高又问，儿子不耐烦地说，出来了，差1分。儿子闷闷地躺在床上忍住了泪水。

这么多年来，老高省吃俭用就是为了想供儿子上大学，如今儿子落榜的消息像一把匕首插在他的心上，他有点炫目，他急忙扶在墙上才让自己不至于倒下。他看着这个破烂的家，他感到自己老了，对这个家他已无能为力了。为了给老婆看病，他已负债累累，但他又多么希望儿子再补习一年，可他实在供不起啊。

日子就这样一天一天的过去了，全家上下都笼罩在一种悲伤的气氛中，仿佛世界的末日即将来到。

一天，老高正闷在家里抽劣质烟时，突然传来咚咚的敲门声，他开门时望着这位不速之客，不由得怔住了，他实在想不起这位大胖子是谁了，嘴里打着哈哈说，你是……

大胖子说，我是王虎啊！

老高笑着说，20年没见了，你变得我几乎都认不出来了，大学毕业后，你就离开了这个胡同，听说你现在已是局长了。

王虎嘿嘿一笑，咱们一块在胡同里长大的，小时候别人欺负我，

孤独的英雄

你总是给帮忙。这么多年来，我一直惦记着你，但总抽不出时间来，单位发了一些月饼，我就给你捎了几盒。

老高接过月饼，内心里很感动，就把儿子叫了过来说，这是你的王叔叔，快叫。

儿子望着王虎，怯怯地叫了一声叔叔。

王虎答应了一声，笑着摸着他的头说，长这么高了，高中毕业了吗？

儿子低着头，不语。

老高叹了一口气说，别提了，高考差一分。

王虎说，怪可惜的，何不再补一年，争取明年考个什么清华、北大。

老高笑了笑，简直比哭还难看。

王虎说，儿子上学是大事，千万不要马虎，今后有啥难处，就提出来，我一定帮忙。

老高想提借钱一事，但话到嘴边又咽了回去。他们就开始叙旧，感叹岁月无情。王虎看时间不早了，站起身要走。老高说，吃了饭再走。王虎说，改天吧。送走王虎后，老高就开始打开包装精美的月饼，一会儿，他们一家三口就吃完了一盒，吃得他们满嘴生香。当他打开另一盒月饼时，他没想到里面竟有1000元人民币。老高想，一定是王虎知道我家的处境急需用钱，当面给又怕我不要，所以把钱塞进了月饼盒。老高立即感动得眼泪都流了出来，他说，娃啊，你上学有救了，今后你有出息了，你可一定要好好感谢你的王叔叔。

儿子点了点头说，我一定要给你争气。

老高领着儿子来到了学校，他给儿子缴了800元的学费。剩下的200元，他就买了一个架子车，开始在街上捡破烂、收破烂。

第二年，儿子终于考了一所名牌大学。儿子收到录取通知书的那天，老高破例的喝了酒，他喝得大醉，傻笑不已。

第三辑　人生百味

儿子大学毕业后，参加了工作。这年中秋，儿子买了一大堆礼物在老高的带领下敲开了王虎家的门。一位中年女人拦在他们的面前，脸上很憔悴，她说，你们找谁？老高嘿嘿一笑，说，嫂子，王虎在吗？女人盯着老高儿子手上的礼物，双眼充满愤怒，说，都是你们这些人害了王虎，他现在在监狱里，难道你们还不甘心吗？你们给我滚。女人怦的一声关上了门。

老高怔在那里，他不相信王虎会蹲监狱，王虎是位大好人，是他们的恩人，他们一定要见到他。

老高的儿子在监狱里终于见到了王虎。王虎说，你是谁？老高的儿子说，我是老高的儿子。那年你送我们的两盒月饼，让我们全家过了一个最难忘的中秋。你知道我家的难处，又知道我爸的脾气，所以你就把1000元钱塞进了月饼盒里，要不是你这1000元钱，我也就没机会补习，没机会上大学了——往事在王虎的脑海里浮现，他根本没送老高1000元钱，更没有把钱塞在月饼盒里。他记不清自己以前收了多少礼又送了多少礼，但他给老高送月饼的事他却记忆犹新。他明白了，他当局长时人家送他月饼时在里面塞了1000元钱，而给他送月饼的人很多，每年月饼都吃不完，有的就长霉坏了，当时他感到月饼坏了可惜，就想到一块长大的老高。

老高的儿子说，你是我的恩人，所以我第一次领到工资就来看你。

王虎很尴尬，他不知说啥才好。此时，他很后悔，后悔自己有能力的时候，为什么没有去帮助那些善良和贫困的人呢？（《微型小说选刊》转载）

变　脸

　　我无意鄙薄别人的人格和处事方式，但我知道人性的低下和高贵在这样的细节上是能看得出来的。因为我不喜欢会"变脸"的女人。

　　吴小艺是我的闺蜜，无话不说。

　　单位组织去成都旅游，吴小艺兴高采烈，她说，"我要拜师学艺，学川剧变脸。"

　　我说，"刚好我有位同学的老师，就在川剧团，擅长变脸的绝活。"

　　吴小艺说，"好啊！"

　　从峨眉山回来后，在同学的带领下，我们去拜访了川剧团的老师。老师现场给我们做了示范，讲了一些窍门和技巧，吴小艺以前上台表演过秦腔，有扎实的功底，所以学的很快，学会了简单的变脸。

　　回到西安后，吴小艺又被朋友引荐到剧团，客串了几次小角色，纯属于帮忙性质。

　　不久，某大单位为办年会，还邀请了好多企业的老板，为活跃气氛大单位重金邀请剧团，剧团人手不够，就把吴小艺带了过去。

　　年会上，吴小艺独自上台时，她大胆创新，把流行歌和秦腔融合在一起，这种通俗易懂的歌词加上秦腔口音，顿时赢得掌声一片。在舞蹈动作和歌声的掩护下，随即她又表演了变脸的绝活，她的脸一会变绿，一会变红、一会变白……变了七、八张不同的脸，掌声随着她每次的变脸，一浪又一浪推向了高潮。

几个老板登台纷纷给吴小艺鲜花。

后来，吴小艺成了大忙人，我们见面的机会越来越少了。每次打电话，她总是在国外旅游。

不久，吴小艺结婚了，嫁给了一个大老板。

一天，吴小艺约我去她家做客。她是开着宝马车来接我的。她家的别墅好气派，欧式风格，还带游泳池，客厅装修豪华，金碧辉煌，我非常羡慕。她带我参观了她的房间，客厅还装有电梯，直通三楼。我咋着舌说，"这套别墅价值好几千万吧？"

吴小艺笑着说，"只多，不少。"

我又问，"你老公呢？"

"忙他的生意，全国到处跑，很少回家。"

我在客厅的沙发坐下，她喊道，"保姆，给客人倒杯茶。"

一个上了年纪的保姆给我倒了一杯茶，她看上去50多岁，目光怯怯的，不敢看人。老保姆倒完茶，走到一边去了，随时等候吩咐。

"保姆，给客人削个苹果。"

老保姆走了过来，一脸谄媚和惶恐。

老保姆削苹果时不小心把手划了一个小口子，血流了出来。

吴小艺说，"你怎么这么笨，连个苹果都不会削？"

刚好我包里有创可贴，我拿了出来，递给老保姆，她望了吴小艺一眼，不敢接。

吴小艺说，"不管她，你吃香蕉，这是进口香蕉。"吴小艺扳了一个递给我。

吴小艺陪我聊天时，还不停地指挥那个老保姆干这干那，老保姆忙前忙后，额头也开始冒汗。

我看老保姆行动不很便利，便问，"为何不找一个小姑娘？"

孤独的英雄

"别提了,上次那小姑娘被我赶走了。"

"为啥?"

"人小鬼大,老在我男人面前眉来眼去,看到就恶心。"

我呵呵一笑。

突然餐厅传来嘭的一声,一个玻璃杯掉在地板上碎了。

吴小艺走过去,开始斥责那个老保姆,那表情好陌生好可怕,她正眼都不瞧一下那保姆,目光平视,"你怎么这么不小心呢?快把玻璃碴给我清理干净,然后用抹布擦几遍,再用蜡打几篇,一定要照出你的影子为止!"

老保姆点点头,大气都不敢出。

老保姆清理完玻璃碴,开始跪在地上用抹布擦地板。老保姆战战兢兢从卫生间拿出一筒蜡,却不小心碰倒了水盆,于是,水漫地面,老保姆脚下一滑,扑通摔倒,半天没爬起来。

吴小艺开始咆哮,开始骂人,脸都变绿了,一转脸,立即堆满了笑意对我。我的心一瞬间却,冷到极致,天那,她竟会变脸!

我护起老保姆,对吴小艺说,"我还有事,我先走了。"

吴小艺的脸上又堆满了笑,再三挽留,"等吃完饭,我带你去唱歌吧!"

"我真有事。"我快步离开了这栋豪华别墅。

后来,我再也没见过吴小艺,她打来的电话我也不接,在我的内心里,已经不拿她当做朋友了,也许到现在她都不知道我为什么突然间地疏远了她,我无意鄙薄别人的人格和处事方式,但我知道人性的低下和高贵在这样的细节上是能看得出来的。因为我不喜欢会"变脸"的女人。

第三辑　人生百味

书法大家

　　他突然明白为啥最近没人来买他的字了，原来他们买字是假，都是冲着他儿子市长而来的。

　　老张退休后，闲得慌。

　　一天路过书院门，看见几个老头在写字，他心血来潮买了笔墨纸砚，回家后就开始练字。

　　老伴有点不解，"发哪门神经了？"

　　老张说，"你知道吗，人长寿三大秘籍就是骑自行车、钓鱼和练字。"

　　一听练字可以长寿，老伴默许了，"好好练字吧，说不定大器晚成，一不小心就成了书法大家。"

　　老张呵呵笑了。

　　老张开始了每天练字。

　　儿子回家了，看见老张在练字，他盯了半天，说，"看不出来啊，老爸的字不错。"

　　老张得意地说，"那是。"

　　儿子又说，"市里搞书法征文大赛，你可以试试看，顺便也好知道自己差距在哪。"

　　老张一想，也对，就挑选了一幅字参赛。

　　几个月后，老张没想到的是，他获得了一等奖。

　　日报记者上门来，采访了老张，刊发了对老张专访，说老张大器晚成，必成大家。接着电视台和省报也对老张做了专访，书协还

孤独的英雄

组织了老张书法研讨会，几位专家给老张书法的评价是：老张书法融欧阳询、颜真卿、柳公权、赵孟頫之长，自成一家，具有划时代的意思。媒体跟着吹捧，老张也有点飘飘然了，觉得自己的字就是不一般。

一个中年男人上门求字，"久闻大名，能不能给我写幅字？"

老张心情非常好，"没问题，写啥呢？"

"随便，写你拿手的字。"

老张提笔写下了"天下为公。"

中年男人非常满意，掏出几叠厚厚的钱，"这是2万润笔费。"

老张说，"钱，我不能要，请拿回去。"

中年男人说，"这怎么行？你不知道吧，你的字升值空间很大……"那人拿着字跑了。

老张望着钱，叹了一口气，只好把钱留下了。

仿佛一夜之间，老张的字就升值了，上门求字者络绎不绝，当然他们都不是空手而来。更有财大气粗的大老板，开口就是几十万求字。还有几个开发商、煤老板为讨几幅字，用寓意"一帆风顺"的大金船，用寓意"金玉满盆"的金脸盆，以及"四季发财"金元宝来换字。

儿子回家了，老张得意地说，"我的字现在成了抢手货。"

儿子淡淡地说，"是吗？"

老张说，"要不我给你写幅字，挂在你的办公室。"

儿子摆了摆说，"算了吧。"

老张得意地说，"让你开开眼界。"他拿出了大金船、金脸盆和金元宝。

"谁送的？"儿子眼睛一亮，"这东西让我保存吧。"

"我不知道他们是谁，但他们留有名片，我也没看。这些东西你喜欢，就拿去吧。"

儿子看了一下名片，把大金船、金脸盆和金元宝装进了大包里，然后提着走了。

儿子一走就是几个月。

说来也怪，来买老张字的人越来越少了。

老张闲得慌，就去书院门溜达。

几个老头在写字，见老张来了，没人理他。以前可不是这样，以前人人见了他老远就打招呼，都吹捧他的字好。

老张看了半天说，"你的字不能这样写，要这样写……"

那人不服气，"要不你露一手，让我们看看，都说你一字值千金。"

"见笑了。"老张就挥笔随意写了几个字，掏出随身携带的印章落了款。

人们围住字看了半天，没人吱声。

老张无趣，走了。

老张走了不远，有人说，"他的字比国足的脚还臭。"

"是啊。擦屁股，我还嫌他的字臭。"有人抓起他的字揉成团，扔了。

老张闷闷不乐回家，心想他们这是羡慕嫉妒加恨，不跟他们一般见识。如此一想，心里好受多了。他叫老伴准备菜，家里有几瓶好酒一直舍不得喝，今晚叫儿子回家，好久没见儿子了，好好开心一下。

老张就给儿子打电话，电话关机。儿子自当市长后，每天都在忙，也不知道他在忙啥。老张不停打，电话一直关机。

第二天，老张去儿子的家，家里没人，儿媳妇也联系不上。

老张走在街上，感觉人们看他的眼光都怪怪的。他听见有人在窃窃私语，说他儿子出事了，双规了。

孤独的英雄

老张一个趔趄，差点摔倒。突然刮起一阵大风，一张大纸在空中飘荡，落在了他的面前，他仔细一看，是自己的字，上面踩满了脚印，还有几个窟窿，他想来了，这幅字就是那人用大金船换的。他突然明白为啥最近没人来买他的字了，原来他们买字是假，都是冲着他儿子市长而来的。

老张回家后，砸了笔墨砚台，从此不再写字。

最美的善举

车上的人也许永远都不会想到，小男孩一个善良的举动，挽救了他们的生命。

电视上的一条新闻让张三兴奋和激动不已。

某市公交车着火，37人被烧死，58人被烧伤。这是一场人为纵火，犯罪嫌疑人被烧死。张三看完新闻后，哈哈大笑，连叫三声"痛快"。

张三一直想干一件惊天动地的大事，他没想到有人比他提前做了。

张三感到自己一生不顺，他下岗后，父母病死，老婆跑了。为了生存，他在路边摆一个烟摊，被城管追的四处跑，最后烟摊还是被城管没收了，还被暴打一顿。按照他家里的情况，吃了上顿没下顿，完全可以享受低保，他申请了几次，腿都跑肿了，还是没申请下来。他想不明白，吃低保的人都比他家里条件好，像村里首富李四，他母亲就吃低保。像王二麻，开着宝马，他父亲也吃低保，还有村长的七大姑八大姨都吃上了低保……后来他终于想明白了，吃低保要凭关系。更让他生气的是，半夜他被人捆

第三辑　人生百味

到车上扔在郊外，等他赶回来时，城中村的老房子一夜之间被人强拆了。为此，他多次上访，多次被拦截，好不容易找到有关部门，他又像皮球一样被踢来踢去。

"你们再不解决，我就要炸区政府了。"张三生气的说。

"你有种，就去炸！谁让你当'钉子户'，活该。"工作人员抖了抖报纸，不屑地说。

"你等着，我要把区政府夷为平地。"

"就你这熊样，也不撒泡尿照照，还敢炸政府。"工作人员哈哈大笑起来。

工作人员羞辱了张三一番，张三回家后病了一场。

张三真的准备要炸区政府。

要不是炸药和雷管不好找，否则他真的炸了区政府。

张三就想别的办法，他想到了烧公交车，因为汽油容易搞到。同村的王二麻发财后，走路的姿势和说话的腔调都变了，张三非常看不惯。半夜他翻进王二麻院子，把他车上的汽油偷光了，他还不解恨，在车上还狠狠划了几刀。

第二天中午，张三哼着歌，提着汽油挤上了一辆公交车。

车上人很多，很热。

车上上来一个红头发的小伙子，此时有人下车，张三见位子空了就准备去做，红头发小伙子抢先一步做了上去，张三就站在旁边。红头发的小伙子用手扇着鼻子，说，"臭死了，朝一边站去，别站在我这里。"

大热天，张三半月都没洗澡，身上撒发出臭烘烘的味道。

张三生气了，他连死都不怕，自然底气十足，"这又不是你家的公交车，我想站哪就站哪？"

红头发突然站了起来，"你再说一遍。"

99

孤独的英雄

张三说，"别说一遍，十遍我都敢说。"

红头发捏着鼻子说，"你有种！一看你就是民工，你欠揍了吧，你再说一遍，否则你就跟我滚下车去。"

张三说，"这又不是你家的公交车，我想站哪就站哪？"

红头发一脚把张三踢倒，张三从车上爬起来，他看见车上人的目光很冷淡，有的还在偷笑。车上人的冷漠刺痛了他的心，他想我要你们都死。他朝车门口走去，他要堵住门口，点燃汽油，烧死车上所有的人。

张三一屁股坐在车门台阶上，他摸了摸身上的打火机。

"叔叔，你坐我这里吧。"

张三一抬头，他看见坐在车门口的一个戴红领巾的小男孩，面带微笑，目光很真诚。

"叔叔！你坐我这里吧。"小男孩站了起来。

"没事，我坐这里挺好的。"张三一怔。

小男孩说，"我爸爸跟你一样，他也是民工，在工地干活，你们大人都很辛苦，你就过来坐吧！"

张三看了看自己的打扮，又提着一个脏兮兮的塑料桶，的确像一个民工，他嘴吧动了动，又动了动，想说什么，小男孩以为他口渴，从书包里掏出一瓶矿泉水，递给张三说，"叔叔，你口渴了吧，喝一口，你别嫌脏，这是我从家里灌的自来水……"

张三声音有点哽咽，"谢谢，我不口渴。"

车到下一站，张三站起来，摸了摸小男孩的头说，"好好学习。"

张三快跑下车，他把汽油桶扔进了垃圾堆里。

车上的人也许永远都不会想到，小男孩一个善良的举动，挽救了他们的生命。

第三辑　人生百味

错　爱

简洁的一个字，却简洁出了一个世界，简洁出一个人生，概括了芸芸众生生活状态，揭示了世界的错综复杂，也道出了人生的艰辛……

诗人爱上了一个女孩，爱的刻骨铭心。

诗人每天给女孩写一首诗，刚开始女孩很感动，看的泪流满面。后来，女孩平静了下来，收到诗歌只是淡淡一笑，仿佛什么也没发生。

诗人急了，直接去找女孩。诗人说，我喜欢你啊！

女孩说，我知道。

诗人说，你喜欢我吗？

女孩只是笑，也没说喜欢或不喜欢，笑够了才说，你说呢？

诗人说，我会让你喜欢上我的。

女孩又笑了笑，像只蝴蝶飞走了。

情人节，诗人想给女孩送玫瑰，他到花店一问，一束花要价一两千，诗人犹豫了，最后写了一首诗歌。

诗人去找女孩。诗人说，我给你写了一首诗歌。

女孩看了看有点感动，眼睛有点红。

诗人说，我喜欢你啊！

女孩说，我知道。

诗人说，你喜欢我吗？

女孩只是笑，也没说喜欢或不喜欢，笑够了才说，你说呢？

诗人说，我会让你喜欢上我的。

孤独的英雄

女孩又笑了笑说，我有事，先走了。女孩像只蝴蝶飞走了。

诗人依然每天给女孩写一首诗，他写了厚厚几大本，他拿着诗稿去找女孩，诗人说，嫁给我吧。

女孩笑了笑说，我还没想好。

诗人很郁闷，去酒吧喝酒，他做梦都没想到的是遇见了多年没见的老同学拐子，老同学拐子现在是个大老板了，很有钱。老同学听了诗人的诉说，老同学眼睛亮了，世界上竟还有这么美丽善良而清纯的女孩？回头给我介绍认识一下。

诗人说，没问题，我把她电话号码告诉你。

诗人每天都闷在家里给女孩写诗。

转眼几个月过去了，诗人又去找女孩。

女孩拿出请帖递给诗人，女孩说，下个月我就结婚了，到时你一定要来啊。

诗人说，你开玩笑吧？

女孩说，你看我像开玩笑吗？

诗人一下蒙了。

过了半天，诗人说，跟谁结婚？

女孩说，到时你来不就知道了。

女孩又笑了笑，像只蝴蝶飞走了。诗人知道这只蝴蝶将永远地飞走了。

女孩婚礼这天，诗人准时参加。诗人没想到的是，新郎竟是老同学拐子，诗人顿时像电击一般，浑身战抖，随即像死鱼一般一动不动，面无表情。

诗人喝了一口酒，他走到老同学拐子面前，他把拐子拉到一边问，你是怎么把她追到的？

拐子笑了笑，先给她写诗啊！

诗人一惊，笑话，你会写诗？

拐子笑了笑，北岛的诗——《生活》只有一个字：网。简洁的一个字，却简洁出了一个世界，简洁出一个人生，概括了芸芸众生生活状态，揭示了世界的错综复杂，也道出了人生的艰辛……

诗人挥了挥手，停停，别给我讲这些，这些我比你懂。你把你写的诗歌念给我听听。

拐子说，我的诗歌《女孩》也很短，只有三个字：我爱你。

诗人笑了，你这也叫诗？

拐子说，关键看你写在哪里，你不知道吧，我用 30 万红人民币让花店给扎了一朵大红玫瑰，其中一张花心上就写了我爱你这三个字，你要知道当时女孩好感动哦。后来我送了她两样小礼物，她就嫁给我了，就这么简单。

诗人问，你送她的是什么小礼物？

拐子说，两把钥匙。

诗人说，金钥匙？

拐子拍了拍诗人的肩膀说，非也，普通的钥匙。一把宝马车的钥匙，一把别墅的钥匙。现在你懂了吧，别写你那狗屁诗歌了。

拐子一拳打倒了拐子，然后目光呆痴地走了。

拐子漫无目的在街上走，最后他爬上了高楼，目光依然呆痴，面无表情，突然他大喊一声"我要飞翔"，然后张开双臂像只小鸟一跃，飞了下去……

当地晚报报道了诗人自杀的消息，还提到了诗人写给女孩的诗歌，一家出版社嗅到了商机，把这些情诗结集《写给女孩的情诗》出版了。媒体把诗人称为"当代的海子"，媒体一炒作，诗人一下出名了，书大卖特卖。

每年清明，诗人的坟头聚满了来自全国各的女孩，他们都是被诗人的诗歌感动而来的。

女孩们一边烧纸一边嘤嘤地哭,为啥不是写给我的?如果是写给我的,我立马嫁给你!

可惜,诗人听不到了。

梦醒时分

这些年来,青梅总是在我梦中不时出现,爱之深,恨也深。

青梅是那年春天来到小城打工的。青梅歌唱得好,舞跳得棒,要不是家里穷,她也不会早早辍学去打工。

我在这座小城里上高中,每天我喜欢到校门口附近的一家舞厅外转悠,我很想进去看看,青梅在那里当服务员,说白了就是伴舞。我和青梅从小一块长大,小时候我和她就订了娃娃亲,只是我们几乎没说过话。就是简单的说几句,我的脸立马红的就像关公。

那时小城刚兴起了跳舞,我真想拥住青梅翩翩起舞,可惜我不会,学了几次还是笨手笨脚的。我就想请青梅看电影。

青梅穿着红衬衣,胸脯一颤一颤的从舞厅里走出来,颤得我心跳脸红。

我……我想请你……看电影……我吞吞吐吐的说。

青梅笑了笑。

我把电影票朝青梅手里一塞,匆匆走了。

黄昏来临,我早早来到电影院门口,望眼欲穿的等待青梅。电影开始了,青梅没来,但我一直等到电影结束,青梅还是没来。

我眼里噙满了泪水。

我不罢休，我一定要到舞厅里坐一坐。我开始省吃俭用，终于积累了几十元。

那天，天气很好。我理了发，特意打扮一番像要出席一个重要的国际会议。我坐在舞厅里目光四处张望却没见青梅，台上唱歌的是另一个女孩，我很失望。

青梅呢？我问。

女孩说，她和她的男朋友去广州打工去了。

我手中的杯子掉在地上，鲜红的葡萄汁渗流满地，像一朵红花绽开，也像我的心在滴血。

一年后，我考上了大学。

大学毕业后，我放弃了优厚的待遇和工作，只身去了广州打工。

在广州我奔波在大街小巷，就是希望能遇到青梅。结果，我一次又一次的失望，越失望越是想见到青梅，这些年来，青梅总是在我梦中不时出现，爱之深，恨也深。

无奈之下，我进了一家玩具厂，由于我工作的出色，又是本科学历，我被提拔为业务部经理。同时董事长把一项任交给我，就是想和香港一家公司签一项长期合同。因为这家公司一直和另一家玩具厂合作，为这董事长伤了脑筋。我费了不少周折，终于约见了这家公司的经理。酒足饭饱后，我请他进了本市一家有名的野玫瑰歌厅。

台上一位女孩在演唱《梦醒时分》，你说你爱了不该爱的人/你的心中满是伤痕/你说你犯了不该犯的错/心中满是悔恨/你说你尝尽了生活的苦/找不到可以相信的人/你说你感到万分沮丧/甚至开始怀疑人生……歌声很伤感跟动人。我忍不住多看了几眼，她很面熟，我仔细一瞧，竟是我苦苦寻找的青梅，我几乎不相信自己的眼睛。她目光匆匆和我对视了一下，又落到一边去了。青梅唱完后，鲜花和掌声不断。

孤独的英雄

青梅下台后，我跟了过去，你就是青梅吗？

青梅停下脚步，认出了我，你怎么在这里？

我指了指墙角一个胖男人说，陪一个客户，想让他签合同，他很狡猾。

青梅走了过去，柔柔的目光就落到了那经理的脸上。经理是一位好色之徒，他目光盯在青梅丰满高耸的胸部上，然后一把抱住了她。青梅挣脱他的怀抱，娇声娇气地说，我不喜欢猴急的男人，咱们先喝酒，来点情调。经理爽快的说，好。

我呆呆的站在那里，看着他们大口大口的喝酒。经理有点醉了，说话已含糊。青梅推了我一把，说，你不是要签合同吗？把合同给我。青梅接过合同，推醒了业务经理，深情的一笑说，咱们去洗桑拿。

我目送他们前拥后抱的在我面前消失，我心如刀割一般难受。

第二天，我在野玫瑰歌厅里又见到了青梅。青梅把签好的合同交给了我。

我说，谢谢你帮我签了合同。

青梅哭笑了一下，你家为我父母花了不少钱，如今咱们俩清了，谁也不欠谁的了。

我说，你为什么要干这一行？我找你找的好辛苦，我爱你！你跟我走吧！家里人催我们结婚呢！

青梅大笑一声，如今人们已不相信爱情，只相信金钱，你别跟我谈感情，我就是上了你们这些臭男人的当。当初，他对我是多么信誓旦旦，结果还不是抛弃了我，如果我不是看在我2岁女儿的份上，我早就死了。为了女儿，我开始在歌厅做舞女，偶尔客串一下歌手的角色，我最喜欢唱《梦醒时分》。当然，为了钱我什么都做，甚至坐台。

我吃惊的说，你有女儿？

青梅淡淡一笑，私生女。

我说，我对你是真心诚意，请你相信我。

青梅扑在我怀里哭了,你为什么不早说呢？当初我虽然喜欢你，但我内心很自卑，我只有小学文化程度，我感到不配你。后来，你考上大学，我对你就彻底没抱什么希望不。人的命运往往在一念之差就快定了你这一生是幸福还是痛苦。

我吻干她脸上的泪水，说，我们从头开始吧！

青梅勉强的笑了一下，泪水又涌了出来。

第二天，我去野玫瑰歌厅找青梅，青梅的朋友告诉我，青梅已走了，她走时，满脸都是泪水，没人知道她去了哪里。但她留了一封信给我。

我用颤抖的双手撕开信，信中只有几句歌词：在每一个梦醒时分 / 有些事情你现在不必问 / 有些人你永远不必等。

我的泪水侵湿了信纸……

用钱砸死你

有钱人和没钱人都有烦恼。张三最终死在了他的口头禅上被钱砸死了。

张三的口头禅就是用钱砸死你。

在这个县级市的小城里，张三是个呼风唤雨的能人，连市长见了他也要点头哈腰。

张三是个煤老板，是个暴发户，身价最少也有十几个亿。兜里有了钱，他就开始投资房地产，市里那些高档小区都是他开发的，

孤独的英雄

同时还经营酒店，大型超市等等。

张三出手大方，用钱经营起了他的关系网，用钱摆平了一件又一件事，甚至用钱砸死了几个对手。

有钱人和没钱人都有烦恼。

张三就遇上了烦心事，他在省城包养了一个大学生，给她买了房买了车买了各种黄金和钻石首饰。如今这个大学生突然狮子大张口，给他出了一道选择题：要么把公司30%股份给她，要么他跟她老婆离婚，跟她结婚。

张三很恼火，这么多年来，是他给别人出选择题，如今这个黄毛丫头竟给他出了道选择题，当然，他不会给她股份，也不会跟老婆离婚。张三想找几个黑社会的人把小情人做了，但万一暴露，是要坐牢房的。想来想去，还是用钱来摆平最为合适。

张三来到省城，提着密码箱敲开了小情人的门。

小情人见是张三，像蛇一样缠了上去，"想死我了。"

张三推开小情人，"我今天找你有正事，但我还有其他事要处理，我在你这里只能呆一个小时。"

她给张三泡上一杯茶，"这是碧螺春，我知道你喜欢喝，特意给你准备的。"

张三品了一口，有点感动，但他内心里有句话在翻滚，这女人是毒蛇，这句话立即把他的一丝感激之火浇灭了，"你现在胃口不小啊！"

她淡淡一笑，"你说呢？"

"别逼我，我这人吃软不吃硬。"张三说。

"我怎么是逼你呢？我这是爱你，你是我弟一个男人，也是最后一个男人，我要跟你结婚，我要跟你白头到老……"

"别傻了，这年头，只谈钱别谈感情。我跟你只是逢场作戏，我怎么会跟你结婚呢？"

"不离可以，把你公司30%股份给我。"

张三挥了挥手，"别做梦了。你不是想要钱吗？我用钱砸死你，我提了三百万，从今以后我们断绝关系。"

她鼻子一哼，"就这点钱，还想砸死我。"

"再加100万？"张三说。

"除非这个数，"她伸出一个指头，"1000万。"

"想得美。"张三伸出双手卡住她的脖子，"我卡死你。"

她的脸开始变白，张三只是想吓唬她一下。张三手一松，她张大嘴巴开始喘气，然后跑到厨房拖出一把菜刀，"你不仁，就别怪我无义，我今天杀了你。"

张三大喝一声，"我管你吃管你住，你反了。没良心的东西。"

她举起手，慢慢放了下来。

她嘤嘤哭了起来。

张三说，"你跟了我这几年，我赔你青春损失费就是一箱钱，对你仁至义尽，你拿了这些钱，找个好男人，嫁了吧。"

她说，"我只想嫁你。"

张三说，"你怎么这么傻啊，你也不想想，我是有老婆和孩子的人。"

她说，"你有老婆孩子怎么了？你可以离婚啊。"

张三说，"我再说一遍：我跟你只是逢场作戏，我只是玩玩而已。"

她说，"你要知道，我对你动了真感情，非你不嫁。"

张三说，"你口口声声说爱我，为何还要问我要股份和钱？你这人又想当婊子，又要立牌坊。"

"谁是婊子？"她说。

"你就是婊子。"他一字一顿地说。

她扑了上来，撕扯着，"你妈才是婊子。"

孤独的英雄

张三扬起巴掌狠狠抽在她脸上。

张三用脚踢了一下地上的皮箱,"这是我给你的钱,从今以后,我们断绝关系。"

她呜呜哭了起来。

张三嘭的关上门,走了。他听到她在屋里歇斯底里的在喊叫,"我用钱砸死你。"

张三笑了。

张三刚走去楼道,他又听到他的小情人在喊叫,"我用钱砸死你!"

张三抬起头,还没来得及躲闪,从楼上飞来的一个黑皮箱重重砸在他的头上,他倒了下去,钱在天空飞舞,洒满了他全身……(原载《当代小说》)

老 井

井里没鬼,她心里有鬼,这个秘密她一直深埋在心里。

山坡上有口井,这是口百年老井。

老井四周住了五户人家,共用一口井,抬头不见低头见,关系相处的也不错。后来,年轻人外出打工,挣了钱,这五户人家陆陆续续搬走了,在坡下平原公路旁修起了小洋楼,吃上了自来水,这口老井自然就废弃了。周围更是杂草丛生,蟋蟀鸣叫,一片荒凉。

七婶每次去坡上自家菜园摘菜或打猪草,路过这座老井,她心里就毛毛的,有股阴森森的感觉,她每次都加快脚步从井旁跑过,仿佛井里有鬼。

井里没鬼,她心里有鬼,这个秘密她一直深埋在心里。

那天,麻婶的鸡跑到七婶的菜园里糟蹋菜,七婶扬起石头打死了一只鸡。就为了这一件小事,麻婶跟七婶吵了架,最后还打了起来,麻婶人高马大,又年轻,七婶吃了不少亏,脸被抓破,衣服还被撕破,还遭到麻婶语言的羞辱。七婶心里憋了一肚子气,越想越难受,就寻找机会要报复麻婶。

这个机会终于等来了。

这天傍晚,七婶看见麻婶的小儿子铁蛋在井旁草丛里捉蟋蟀,四周没人,周围又是玉米地和大树环抱。麻婶的小儿子可是麻婶的宝贝,前两个都是女儿,好不容易生了一个男孩,只要灭掉这根"独苗",这对麻婶将是致命的打击,因为麻婶已做了结扎手术,再没机会生男孩了。七婶越想越得意,她走了过去,"铁蛋,干啥呢?"

铁蛋说,"我在捉蟋蟀。"

七婶看了看四周没人,"你快过来,这里有只大蟋蟀。"

铁蛋高兴跑了过去,说,"在哪呢?"

七婶说,"在井旁的草丛里。"

铁蛋弯着腰轻手轻脚走了过去,离井口只有一尺之远,站在旁边的七婶突然伸出双手一推,铁蛋一个趔趄,栽进了井里。

七婶匆匆回家,站在院子里,跟路人聊天,她要造成她没作案时间的假象。

夜晚来临,铁蛋还没回家。

麻婶开始急了,见人就问,"见到我家铁蛋没?"

"没有。"

有人说,"该不会出事吧?都这么晚了。"

亲朋好友,左邻右舍都开始寻找,毛房、堰塘、河坝和坡上都找过了,还是没见铁蛋。七婶也加入了寻找。

孤独的英雄

第二天，村长提议排查水井，他们将这口十几米深的老井里的水抽干了，看见了铁蛋的尸体。

麻婶早已哭成了泪人，瘫软在地上。

有人报了案，警察勘察了现场，调查走访了几户人家，当时警察也调查了七婶，也没发现什么。最后得出的结论是：不慎失足掉进了井里，这是一起意外事件。

事后，麻婶不相信警察得出的结论，她一直怀疑是七婶干的，但她又拿不出证据。

两家从此成了仇人，互不往来。

事后，七婶看见麻婶变了一个人似的，说话老是前言不搭后语，疯疯癫癫的，七婶心里很愧疚，晚上老是做噩梦。

七婶的儿子和儿媳去广州打工去了，扔下三女一儿由七婶照顾。为了生这个儿子，儿子和儿媳东躲西藏，直到生到第四个才是个"带把"的，他们高兴的主动跑到乡上交了罚款，还大摆筵席，宴请亲朋好友。七婶特给这个孙子起了个小名叫留根，意思是留住了他们家的香火。

自家的香火留住了，而麻婶家的烟火却断了。七婶每次想到这，她就感到愧疚不已。

晚上，七婶又梦见了那口井，又开始做噩梦。她没想到的是，她的噩梦也在慢慢逼近她。

那天，七婶起床后四肢无力，心里慌慌的。下午她睡了一下，没想到一觉睡到天黑。醒来时，发现留根没见了，一种不祥之感涌上她的心头。

七婶开始四处寻找，见人就问，"见到我家留根没？"

"没有。"

有人说，"该不会出事吧？都这么晚了。"

亲朋好友，左邻右舍都开始寻找，毛房、堰塘、河坝和坡上都找过了，还是没见留根。麻婶也加入了寻找。

七婶似乎预感到什么，跑到井前，朝下一望，黑窟窿东，她大声喊叫，"留根——"

第二天，村长提议排查水井，他们将这口十几米深的老井里的水抽干了，看见了留根的尸体。

七婶早已哭成了泪人，瘫软在地上。

有人报了案，警察勘察了现场，调查走访了几户人家，当时警察也调查了麻婶，也没发现什么。最后得出的结论是：不慎失足掉进了井里，这是一起意外事件。

七婶不相信警察得出的结论，她一直怀疑是麻婶干的，但她又拿不出证据。

两家的仇又加深了。

七婶从此变了一个人似的，说话老是前言不搭后语，疯疯癫癫的。

一天，七婶来到井旁，自言自语了半天，突然一头扎了进去……
（原载《微型小说选刊》）

收　获

一官来此几经春，不愧苍天不负民。神道有灵应识我，去时还似来时贫。我生平最大的收获，就是把"共产党人"这四个字写的比较端正。

二舅考上安康农校时，我还在娘的肚子里。

二舅考上中专的消息，如一枚炸弹在那贫瘠的大山里爆炸。那

孤独的英雄

时中专，国家分配工作，农村娃考上中专，就等于跳出农门，端上了铁饭碗。

二舅在高兴之余，又为学费发愁。开学时，外公卖了猪，凑够了学费。农村的孩子早当家，为了节省路费，100多里路，二舅不坐车就走路去学校。二舅在班上学习很刻苦，年年都是班上前几名。

中专三年，每年放寒暑假，二舅每次都是走路回家。

二舅中专毕业，分配工作时，本来分在本县，但二舅响应国家号召，支持陕北大开发，依然去了陕北的一个县。

几年后，二舅又把全家人接到了陕北。

后来，我从妈的嘴里断断续续知道，二舅的三个孩子长大了，大女儿高中毕业在家待业，小儿子上初中了。二舅入了党，升了官，是县林业局的局长。二舅当了官，老家的亲戚都为他高兴，有的写信让他帮忙找工作，有的找上门来求他办事或借钱……二舅都婉言拒绝了。二舅在家乡人们心里的位置一下就下降了，都说他是个忘恩负义、六亲不认的人。再后来，二舅当上了县长，但两个女儿一直没有正式工作，凭二舅的关系，只要他开口，只要他想办法，安排工作可以说是举手之劳，但二舅一直没有以权谋私。

母亲骂二舅："是个死老瓜子不开窍，不会办事。"

亲戚们骂二舅："忘恩负义的东西。"

后来，母亲不提二舅，亲戚也不提二舅了，亲戚们都不跟二舅联系了。

多年后，我大学毕业了，参加了工作。

一转眼，二十多年过去了。一年春天，我路过陕北，我决定去看看二舅，看看他到底是不是传说中的怪人。

我敲开二舅家的门，开门的是二舅母，她见了我非常高兴。

"二舅呢？"我问。

二舅母指了指远去的荒山说:"你二舅退休后,闲不住,包了几十亩荒地,栽培树苗,有时吃住都在山上。"

我就朝荒山走去,我虽没见过二舅(小时候见过,但没印象),但我一眼就认出了二舅,他在给树苗浇水,我喊了一声:"二舅。"

二舅停下手中的活,领我到坡上的那间茅草屋里:"你怎么来了?"

我说:"我想你。"

二舅笑了:"是不是找我有啥事?"

我说:"没啥事。老家人都说你坏话,我对你一直好奇,就来看看你老人家。"

二舅说:"他们都说了啥?"

我说:"反正说啥都有。别提这些了,我想听听你的故事。"

二舅说:"我是个普普通通的人,没啥故事。"

我开始引导:"你一生中,对你印象最深的一件事是啥事?"

二舅想了想说:"那年我下乡调研,在一家老百姓家住,晚上女主人给我煮了两个鸡蛋吃。没想到的是,有人就写检举信告我强吃老百姓的鸡蛋,还捕风捉影的编造我跟女主人关系暧昧,有作风问题。上面派人来调查,我作风没问题,但吃了两个鸡蛋是事实。就为了这两个鸡蛋我写了检讨,承认了错误。这件事,让我明白了,不要拿群众一针一线。"

我说:"我心中有个疑问,一直想问,凭你的关系,你完全可以给女儿解决工作的问题,但你为何没给他们解决?"

二舅说:"我反复掂量过,把她们安排在我的单位,但这样影响不好。把他们安排在别的单位,我又不愿意求人,也不好意思开口,这事就耽误了下来。就为这事,女儿都不认我这个父亲了。"

我说:"你当官这么多年,怎么住的还是破旧的老房子?"

孤独的英雄

"没钱啊，有钱我早就买大房子了。现在，我栽培树苗，就是想赚点钱，为儿子买套房子，让他好结婚。你看这批树苗，明年开春就可卖了。"

我望着树苗说："你在位时，没想到弄点钱？"

二舅说："你还不知道吧，我的前任三个领导都是因为贪污落马了，他们至今还关在监狱里呢。自我当上县长后，我时时都在告诫自己：不要拿群众一针一线。"

我说："不要伸手，伸手必被捉。"

二舅点燃一根烟："我现在自食其力，日子过得很充足，这才叫生活。"

我说："路是自己选的，你的选择是对的。"

二舅自谦地说："一官来此几经春，不愧苍天不负民。神道有灵应识我，去时还似来时贫。我生平最大的收获，就是把'共产党人'这四个字写的比较端正。"

我紧紧握住了二舅的手，这一刻我理解了二舅。

俘　虏

英雄在自卫反击战中没能倒下，却倒在了金钱的面前，成了金钱的俘虏。

"爸爸，俘虏是什么意思？"上小学一年级的孩子一边做作业，一边问父亲。

"俘虏就是捉住敌人。"父亲说。

孩子还是有点不懂。

父亲说:"当年在自卫反击战中,我们一个排,陷于了越军的包围,我们都不想当俘虏,军人最大的耻辱就是当俘虏,我们跟越军激战一天一夜,最后我们冲出了包围,补充弹药后,我们对越军展开了反包围,活捉了大量越军,这次战役我们大获全胜,我还立了三等功。"

父亲拿出军功章给孩子看,孩子高兴戴在身上,给父亲敬了一个军礼。

父亲说:"你现在的任务就是学习,在学习中不能当逃兵,更不能当俘虏。比喻考试,你考100分,就是大获全胜,活捉了敌人。如果你考60分以下,那么你就成了俘虏,你明白吗?"

孩子说:"我明白了,我要好好学习,不要当俘虏。"

父亲摸着头笑了。

孩子第二天戴着军功章去了学校,小朋友非常羡慕,都抢着戴,都说长大了要当英雄。

孩子戴着军功章学习非常刻苦,期中考试,语文、数学都考了100分。

父亲非常高兴。

父亲拿出一大叠荣誉证书和奖杯,说:"这些都是我抓'俘虏'得到的各种荣誉奖励。你要记住,在生活中,我们不能当生活的俘虏。"

孩子点了点头。

父亲成了孩子学习的榜样。

周末,父亲带孩子去玩CS,孩子穿上迷彩服军装,端起枪,两人开始了丛林战。孩子突然消失了,就在父亲猫着腰寻找孩子时,孩子突然冲出来,用枪抵着父亲说:"举起手来,缴枪不杀!"

父亲乖乖举起了双手。

孩子哈哈大笑了:"你成了我的俘虏。"

父亲跷起大拇指:"好样的,长大了去当兵,当战斗英雄。

孤独的英雄

孩子说:"我长大了要考军校,我要去保护我国的钓鱼岛。"

父亲说:"有志气,我支持你。"

孩子迷上了枪,用父亲给的零花钱买了两把仿真塑料枪,每天孩子装上塑料子弹,用纸杯当靶子,孩子枪法很准,10米外的纸杯被他枪枪打倒。父亲有时也跟孩子比枪发,母亲当裁判,父亲每次故意输给儿子。孩子得意地说:"不跟你玩了,你是我手下的败将。要是有真枪多好啊,我们可以去山上打猎,那才过瘾。"

父亲说:"要玩真枪,小菜一碟。"

孩子说:"你吹牛。"

父亲说:"你要知道,在这个城市,市长办不成的事,我就能办成。"

周末,父亲开着车带着孩子去了郊区的山上,父亲变戏发似的拿出一只真步枪。孩子很兴奋,就要玩真枪。父亲说:"这真枪可不是你玩具枪,小心走火。"父亲就教孩子如何上子弹,如何开枪。这天他们收获不少,打了几只野兔。

父亲是个大忙人,每天来家里找他的人很多,当然这些人都不是空着手来的。

不久,两个办案人员走进了他的家,他们穿着检察院的衣服,戴着大盖帽,肩上也有肩章,腰上别着枪,孩子以为他们是军人。

"请跟我们走一趟。"

父亲二话没说,乖乖的跟着他们走了。

孩子追了上去:"爸,你怎么投降了?你有枪,你可以跟他们拼啊,活捉他们啊!"

父亲摸着孩子的头,苦笑了一下。

父亲一走,就再也没回来。

孩子吵着要见父亲,母亲无奈,只好带着孩子去见他的父亲。

院墙很高,上面还有网,门口有几个拿着枪的武警在站岗。

孩子见了父亲，第一句就问："爸，你怎么当俘虏了？"

父亲叹了一口气说："我当了金钱的俘虏。"

父亲说完，突然哭了。

鲁山花和瓷瓶

瓷器有价，友情是无价的。

鲁山花是我多年的好姐妹。

鲁山花和我学的都是考古专业，大学毕业后，我做了阔太太，而鲁山花谈了几次恋爱都分手了，一转眼就到了30岁了，我们都为她着急。

鲁山花却笑着说，"不急，慢慢来。"

鲁山花眼里突然有泪。

"哭啥？"我问。

鲁山花说，"我想辞职不干了。"

"你不是干的好好的吗？"

鲁山花说，"专业不对口，我在单位很不开心，主管整天骚扰我，那天被我狠狠扇了两耳光，他就记恨在心，经常给我穿小鞋……"

鲁山花又找了好几份工作，但她干得依然不开心，她不善于奉承和巴结领导，她不想出卖自己的尊严。

鲁山花又辞职了，开了一家店，经营服装。

半年后，鲁山花的资金出现了困境。

鲁山花来找我，说，"借我10万。"

"没问题。"我从家里保险柜里拿出几叠现金递给她。

"我给你写张借条吧。"鲁山花说。

"我还不相信你吗？写借条就见外了。"我生气地说。

"谢谢。"鲁山花收下钱就走了。

一年后，鲁山花又来找我。

鲁山花说，"现在做啥都不容易，竞争也非常厉害，我的生意时好时坏，我的资金又出现了困境，我想去广州进一批服装，你能不能再借给我10万？"

"没问题。"我从家里保险柜里又拿出几叠现金递给她。

"我给你写张借条吧。"鲁山花说。

"我还不相信你吗？写借条就见外了。"我生气地说。

"谢谢。"鲁山花收下钱就走了。

几个月后，我去鲁山花的服装店，在店里我看见了一个外国男人在帮她卖服装。

我说，"你行啊，雇了一个外国人当服务员，给他工资不低吧。"

鲁山花笑了笑说。"他是做义工，免费的。"

"免费的？"我一惊。

鲁山花把我拉到一边悄悄说，"他是我男朋友，德国人，来中国求学的，死皮赖脸的缠着我，甩都甩不掉。你给我参谋下，人如何？"

我说，"人倒不错，你不怕他骗了你？"

鲁山花笑着说，"他要骗我，我就把他腌了。"

"你有啥打算？"

"他马上快毕业，要带我回德国，他们家开了大农庄，他要在农庄上给我建别墅，把我装扮成白雪公主……"

半年后，鲁山花向我来告别，她说她要去德国。

我又一惊，"太快了吧？"

鲁山花说，"你孩子都上小学了，我再不结婚，怕真的就嫁不出去了。"

我打趣说，"白雪公主还愁嫁不出去？"

鲁山花说，"别笑我了。"

我问，"你的服装店呢？"

鲁山花说，"转让了。"

鲁山花打开提包，从包里拿出一个报纸包裹的东西说，"我欠你20万，如今手头也凑不够20万，我把这个宝贝交给你，它是河南鲁山窑的精品。"

我打开一看，是一个黑地、乳蓝白斑的瓷瓶。

我知道鲁山花的意思，她把这个瓷瓶给我，那20万就不用还了。这个东西大街上仿制品多得很，要多少有多少，我心里虽然不高兴，但没表露出来。

鲁山花走了，我没去送她。

我心里非常生她的气，她用这么个破东西来糊弄我，20万让我认清了一个所谓的朋友，多年的友谊从此就完了，我看这个瓷器越来越不顺眼，我把它扔在了垃圾袋旁。

刚好楼下有收破烂的在喊叫。

我把收破烂的男子叫上来，"这个瓷瓶卖给你，20块拿走。"

收破烂的男子看了瓷瓶一眼，不情愿的说，"黑不溜秋的，白送我都不要，有酒瓶、废报纸和纸箱没？"

"你走吧。"我生气地支走了收破烂的男子。

瓷瓶摆在屋里占地方，我恨不得把它砸了，想来想去，我把它放在了储藏室里。

后来，鲁山花给我发短信，我也没理她。我把她的QQ号拉入了黑名单，把她的照片也撕了。

一年后，中央电视台的鉴宝栏目组来到了河南平顶山。

孤独的英雄

我找出了鲁山花送我的那个瓷瓶,我来到了鉴宝栏目现场,我纯粹是为了好玩,为了能上电视,鉴宝对我只是一个幌子。

几位专家仔细看了那个瓷瓶,他们的表情很严肃,空气很凝重。我的脸红了,我想早早逃离现场,赝品让人丢人现眼。

专家长出一口气,"恭喜你,这是唐代瓷器精品之鲁山窑花瓷腰瓶,为河南鲁山窑出。"

我语无伦次,"这个能值多少钱?"

专家说,"鲁山花瓷的升值空间很大,我只能给你一个市场参考价,最少200万。"

回到家后,我一直觉得我是在做梦。我一定要把这鲁山瓷瓶还给鲁山花,瓷器有价,友情是无价的。

怎么会这样

埋伏在对面楼上的狙击手扣动了扳机,随着一声枪响,男人倒了下去。

男人这次回来是离婚的。

男人以前是个泥水匠,现在是一个资产过亿的煤老板。

男人和女人同住一个村,一块长大的,可以说是青梅竹马。两人婚后感情非常好,一同来到城里打工,男人开始包工程,赚了一些钱,男人就在城里买了房,把家安在了城里。女人就整天呆在家里,然后女人就给男人生了一个胖胖的男孩。男人后来不承包工程了,去了陕北包煤矿,几年的功夫就发财了。男人有了钱,心也野了,在外包了一个小女孩,如今女孩肚子大了,逼着男人回家跟他老婆

第三辑 人生百味

离婚。

男人站在门前，犹豫了一下，打开了门。

女人说，"你回来了，我给你泡茶。"

男人说，"不用了，我一会就走。"

女人说，"在忙，也等吃了饭再走，我给你做饭。"

男人说，"我这次回来是办离婚手续的。"

女人一怔，"你说啥？"

男人又重复了一遍，把离婚协议放在茶几上。

女人脸色变了，"你想的美，我不离婚。"

男人说，"只要你签了字，房子归你，孩子归我，我在给你100万。"

女人哭了，"我不签字，除非我死了。"

男人说，"你别逼我，把我逼急了，我一分都不给你。"

女人端起茶水泼在男人的脸上，"你这个忘恩负义的东西，怪我当初瞎了眼……"茶水还有温度，男人被烫得叫了起来，男人扬起手打了女人一巴掌，"你反了。"

女人哭着跑到厨房，拖了一把菜刀出来，女人吼道，"你给我滚，反正我也不想活了。"

男人一把夺过菜刀，"你现在就签字，不签我就一刀把你劈了。"

女人把脖子伸了过去，"你有种就砍。"

男人吓唬女人，"老子有的是钱，你不签，我就真砍了。"

女人一点都不惧色，"你再不走，我就打电话报警。"

男人说，"你报啊，我好怕警察。"

女人真就拨打了110，说有人拿刀绑架了她。

一会儿，警车呜呜来了，荷枪实弹的特警也来了。

一个警察用喇叭喊道，"请放下人质，不要冲动，我们保证你的人身安全……"

孤独的英雄

男人生气了,说,"你还真报警了。"男人把女人拖到阳台上,刀依然架在女人的脖子上,楼下已拉起了警戒线,停了不少警车,站满了警察,围观的人更是人山人海。

男人说,"这是我跟女人间的事,请你们离开,别管闲事。"

警察用喇叭喊道,"请放下你手上的刀,不要冲动,有话好好说,我们答应你的一切要求……"

男人火了,"你们都给我滚。这是我们俩口子的事,你们少管。"

警察问小区的住户说,"这男人你们认识么?"

一个人,"不认识。"

警察问了好几个小区的住户,都说不认识这男人。男人一年回家就几天,回来也是独来独往,自然大家不认识他。

警察依然用喇叭喊话,让男人放下人质。男人把女人拖到屋里,男人说,"你站着别动,小心我的刀'走火',我再问你一次,你签不签字?"

女人不吱声。

两人就僵持着。

一个小时,两个小时……过去了,楼下的警察依然用喇叭不停喊话。

男人非常烦躁,把女人拖到阳台上,男人把刀架在女人的脖子说,"我限你们10分钟内离开,否则我就杀了她。"男人一用力,刀陷进了女人的肉里,女人脖子上出现了血印,女人痛得开始叫了起来,脸也有些变形,女人说,"把刀放下,我签字。"

男人一松手,女人放开脚步就跑,她要开门,她要跑到楼下,女人不想放弃他们这段婚姻,再说她也深爱着男人,只要不签字,等男人冷静下来,她就有机会把男人的心收回来。女人的手刚抓到门把上,男人追了上来,一把把女人拖了回来。男人对女人拳打脚踢,

"我让你跑。"

男人又把女人拖到阳台上，女人脸上在流血。

男人说，"楼下的警察听着，我限你们马上离开，否则我就杀了她。"刀陷进了女人的肉里，血印越来越深，女人彻底失望了，"放下刀，我签字。"

男人说，"你再跑，我打断你的腿。"

女人说，"我想通了，这次我不跑了，离开了你，我照样活得好。"

男人松开了手，男人胜利了，男人笑了起来，他朝楼下警察挥了挥手，"你们回去吧……"

这时，埋伏在对面楼上的狙击手扣动了扳机，随着一声枪响，男人倒了下去。

从天而降的特警破窗而入，按住了男人。

男人已死了。

女人一下瘫软在地上，"怎么会这样呢？"

癌症村

人们为了眼前的利益啊，付出了沉重的代价。

老村长坐在天河边发呆，天河是多么好听的名字，小时候他常在天河里游泳，那时的河水清澈见底，喝在嘴里有股甜丝丝的感觉，鱼也特别多，如今河水污浊，发臭发红，连小鱼小虾也灭绝了。

老村长站起来，点燃一根烟，朝半坡上走，穿过密密麻麻的如馒头一样的坟头，他来到了老伴坟前。老村长跪了下来，他号啕大哭："我对不住大家啊！"

孤独的英雄

当初县上招商引资，新建工业园区，厂址选在天河村时，他是不乐意的，村民也是一百个不愿意。拆迁队伍开进村里时，村民们拿着锄头和铲子对峙着，有胆大的躺在挖掘机的轮子下，司机犹豫着停了下来。其中一个头，牛皮哄哄的说，"朝死压，老子有的是钱，出了事我负责。"司机真的压了过去，躺在地上的人当场死了。

村民跟开发商展开了血战，好多人都被打得头破血流。

几百名警察和武警出动，才制止了这场打斗。

村民们不罢休，抬着尸体来到了县政府大院里，哭哭闹闹。

县委书记亲自出面调解，赔了100万，才了解这事。

县委书记为了政绩，他想早日调到市里，也怕再出人命，他知道招商引资项目不能再拖了，他咬了咬牙，开出了优厚的条件：拆迁户每家修一座别墅式小洋楼，每人再给20万安家费。厂子修建好后，每家每户可安排几个人员去厂里上班。

老村长心动了，他召集村民们开会，他谈了县上开出优厚的条件，村民们也心动了。拆了自己的土墙房子，住上小洋楼，何乐而不为？于是村民们纷纷签了协议，领了安家费。

一年后，工业园区修好后，陆续入驻了20多家化工企业。年轻人都到厂里上班了，在天河的下游河畔，村民们也纷纷住上了小洋楼。几乎家家都买了小汽车，年轻人开车上班，走亲访友，很有面子。

天河村成了名副其实的小康村，原先的姑娘都不愿朝天河村嫁，转眼天河村的小伙子成了香饽饽，村里几乎天天都有人办喜事。

老村长和村民整天打着麻将喝着小酒，优哉游哉。

老村长不由得感慨，"这就是生活。"

好日子不长，厂里开始冒出浓浓的黑烟，飘散在天河村的上空。

后来黑烟越来越浓，还散发着刺鼻的味道。天河的河水也慢慢变得浑浊，发臭发红，连小鱼小虾也灭绝了。

第三辑 人生百味

老村长站了起来,朝村子走去。村子上空飘荡着一股难闻的味道,他感到恶心,想吐。村小学校围墙外,一条黑水沟一直流向村外的天河。20年前,这天河的水是多么清澈啊,现在在成了臭河。村里的自来水不好喝,自家打的6米深的井,水质也是浑浊,连牲口都不愿意喝,就连种庄稼种菜什么的都种不成,都死了,根烂了。

与臭气相比更可怕的是癌症。自化工厂建成后,几乎每年村子里都会有人患上癌症,癌症像瘟疫一样在村里蔓延。

老村长的小儿子是个大学生,假期他带着同学和几位专家,对天河村做了调查研究,得出的结论是水、土壤、空气被污染,怀疑癌症与这些有关。

老村长刚开始也不相信,随着每月村里都在死人,他信了,儿子说的有道理。

一个年轻人迎了上来,"叔,我爸死了,请你去主持丧事。"

老村长骂了一句,"他妈的,又是癌症。"

主持完葬礼,一个村民说,"老村长,咱们村的癌症越来越多,听说跟化工厂有关,你说我们该怎么办?"

另一个村民说,"我们去抗议,把化工厂的门和路堵了。"

老村长默许了。

第二天,几百村民围堵了工业园的大门。

一位副县长出来劝大家,"大家回吧,我会让县疾控中心和县环保局来调出水样,看看癌症跟水有没关系。"

县疾控中心和县环保局调取水样后,结果不了了之。

老村长又带人拉着条幅在政府门口静坐,顿时围观了很多人。

一位副县长出来劝大家,"大家回吧,我会让省疾控中心和市环保局来调出水样,看看癌症跟水有没关系。"

老村长说,"我们再相信你们一次。"

孤独的英雄

一年后，县上答复：经过有关专家调查和会诊，癌症跟水没关系。

"狗屁专家。"老村长说，"我们去省上上访，省上不管就去北京。"

村民每家出100元经费，老村长和另两位代表准备去省上。

也许走漏了风声，老村长他们刚到火车站，就被拉上了警车，手机没收，逮到了深山里的一个庄院里，这是县上的"法制教育班"，让他们接受"法制教育"。

半年后，老村长"毕业后"回到了天河村。天河村上空依然飘荡着黑烟，还散发着刺鼻的味道。天河村很静，没有鸡叫狗跳，好不容易看见一个村民，一问，原来有钱的人都搬走了。人去楼空，老村长望着天空浓浓的黑烟，他叹了一口气，自言自语，"人们为了眼前的利益啊，付出的代价太大了啊。是我害了村民。"

老村长捂住鼻子，他心里在琢磨，明天到底要不要离开天河村？

第四辑　荒诞笔记

　　扎根在现实上荒诞。把一个现实的事或物用不现实的形式表达出来反映现实，反倒看起来很真实。冷眼观世界，诙谐令人绝倒，讽刺针针见血，趣味盎然。

梦城的老桃树

　　这是一篇寓言式的小说，作品将社会常见的"无信誉"现象和引起社会冲突的"拆迁"背景联在一起，以寓言形式在百年桃树下深入浅出地演绎这可读好懂的故事，既鞭策了时下只追求物质享受的爱情观，也为坚守不住传统被拆迁的无奈而叹息。

　　梦城情久长街道拆迁，街里一株老桃树要被挪走。
　　拆迁人员开着人挖掘机来到了老桃树前，挖掘机正要挖时，突然传来一声大吼："停下！我看你们是吃了熊心豹子胆了，赶在我脚下动土。"
　　司机立即停了下来，四周一看，除了工作人员，在没外人。司

孤独的英雄

机以为自己听错了,重新操作机器准备挖树,突然又传来一声大吼,如惊雷:"停下!我看你们是吃了熊心豹子胆了,赶在我脚下动土。"

司机吓了一跳,停了下来。司机东瞅西瞧,发现人们的表情都很异样。

"别看了,我就是那棵老桃树。"老桃树居然开口说起话来,"我告诉你们,你们想把我搬走,没门!我死也要死在这里!"

"你想当钉子户啊,我也告诉你,休想!"走过来一个城管不屑地说,扬起锄头准备挖。

老桃树突然扬起树枝,啪啪几下把城管打倒在地上,城管躺在地上呻吟不已。

"你是人还是鬼?"有人问。

"你管我是人还是鬼,你是太平洋的警察,管的宽啊。"老桃树说。

一个胖子闻讯赶了过来,"我是领导,你有啥要求,尽管提,我们经量满足你的要求。"

树说,"别费口舌了,你们想把我搬走,没门!我死也要死在这里!"

领导说,"咦,你成树精了!我就不信邪,大不了把你锯成两半截,看你还猖狂不?上!"

拆迁人员挥舞着长刀跑了过去,老桃树扬起树枝,啪啪几下把那些城管打倒在地,"你们平日太嚣张了,欺压老百姓,我今天好好教训一下你们。"

城管们爬起来,灰溜溜地跑了。

看来这老桃树是成精了,领导高价请来道士和它谈判。

道士问,"你为什么不愿搬走?"

老桃树说,"做人要讲信誉,做树也要讲信誉,对吧?"

道士问,"是啊。"

第四辑 荒诞笔记

老桃树说，"我答应了人家！"

道士问，"看来有故事，讲讲我听听。"

老桃树说，"有一对情侣常常在桃树下约会，最后他们私订终身，发誓永不变心。为了结婚，他们分别去了南方和北方挣钱，相约5年后在桃花盛开的季节就在树下相见，再有半个月，桃花将盛开，他们就回来了，如果我搬走了，岂不是辜负了有情人！你看看，他们在我树上刻满了海誓山盟。"

道士念道，"在天愿作比翼鸟，在地愿为连理枝；我欲与君相知，长命无绝衰。天地合，乃敢与君绝；永远爱你，永不变心！……"

老桃树说，"你知道吗，当初那些字一刀刀刻在我身上时，我是多么的痛，但他们的爱情感染了我，我为他们高兴，只好默默忍受。你再看他们画的心心相依，画的多好啊！"

道士说，"太感人了，我们一定找到他，完成你的心愿。对了，他们叫啥名字？"

老桃树说，"白柠和解红。"

媒体报道了此事，众人感动，帮着四处寻访两人。

记者根据市民提供的线索，一路奔波找到了白柠。

记者说，"桃花快盛开了，你不回梦城去看看那桃树？"

白柠说，"啥桃树？"

记者说，"你们曾在桃树下海誓山盟，现在都忘了？"

白柠说，"早忘了。"

记者说，"为啥？"

白柠说，"不为啥，其实也很简单，我现在娶了董事长的女儿，住别墅，开豪车，穿名牌……你说我回去干啥？"

记者无语，默默走了。

记者又根据市民提供的线索，找到了解红。

孤独的英雄

记者说，"桃花快盛开了，你不回梦城去看看那桃树？"

解红说，"啥桃树？"

记者说，"你们曾在桃树下海誓山盟，现在都忘了？"

解红说，"早忘了。"

记者说，"为啥？"

解红说，"不为啥，其实也很简单，我现在嫁给了大老板，住别墅，开豪车，穿名牌……你说我能回去吗？"

记者无语，默默走了。

记者和道士来到了老桃树的面前，道士说，"白柠和解红二人已经各自成家，生活幸福。"

老桃树说，"不可能！"

记者说，"千正万确，他们都不愿回来了。"

老桃树一言不发。

后来，老桃树跟街坊一块儿搬了，从此不再开口说话。（原载《微型小说选刊》）

疯狗为啥咬贪官

贪官在国人眼中已成过街老鼠，人人喊打。贪官的罪恶，已引起天怒人怨。这狗为何咬贪官？因为他们身上的肌肉散发出一股独特的气息，连犬狗也能嗅出这种腐臭并追而咬之。作品充满批判主义精神，是对腐败贪官的讨伐，是对当下中央反贪污腐败的热情支持，是为贪官受到正义的惩罚而拍手称快。

有一条疯狗流浪到了梦城。

第四辑　荒诞笔记

刚开始没人注意到这只疯狗，也没人知道他是只疯狗，张三是无意之中注意到这只狗的，这狗长得瘦瘦的，看上去傻乎乎的招人爱。

张三扔了一个馒头，狗看了张三一眼，叼起馒头吃了。

张三又扔了一个馒头，狗又看了张三一眼，这次不同的是狗眼中露出一丝感激，它含住馒头又吃了。

张三说，看你好几天没吃饭了吧，跟我走吧。

狗摇了摇尾巴，仿佛听懂了张三的话，跟着张三走了。

张三在阳台给狗搭了一个窝，他失业了，老婆又走了，他有的是时间陪狗。没事时他常常牵狗去溜达，狗表现的温顺乖巧，也没发现什么反常的举动。

只到有一天，狗咬人了，张三才知道他是只疯狗。

那天，张局长从酒楼回来，喝得醉醺醺的，刚被司机扶下车，这只狗突然狠狠在张局长腿上咬了一口，张局长大叫一声，酒一下惊醒了，他一看裤子咬破了，血留了出来。司机说，"都怪我，没照顾好你。要不到医院看看，就怕是只疯狗。"

张局长一听疯狗，急了，"快送我去医院。"

医生给张局长包扎了伤口，打了狂犬病疫苗针，还吃了不少的药，结果还是病发身亡。

张局长被疯狗咬死的消息在梦城蔓延。

顿时，人心惶惶，人们晚上不敢出门，特别是大人更是把自己的孩子看得紧。

张三感觉到了问题的严重，怕人们找他的麻烦，他把狗赶走了。

几天后，狗又回来了，在他门前转悠。

张三摸着它的头说，你走吧，别连累我，我担不起责任。

狗叫了一声，摇了一下尾巴，走了。

张三没想到的是，梦城又发生几起疯狗咬人事件，他是从网上

孤独的英雄

知道这一消息的。网上说江局长和钱老板等半夜从酒店醉醺醺回家时，被疯狗咬了。

张三拍手称快，打呼过瘾。特别是那江局长跟他老婆通奸，被他抓了一个现形，张三原本打算要羞辱他们一番，结果反被老婆和江局长羞辱一番，说张三没出息，不会挣钱，是个窝囊废男人。张三气得差点跳楼自杀，大骂江局长是贪官狗官。

张三还听说市长也被疯狗咬了，相关部门才重视这件事。在会上，市长余怒未消，拍了桌子。要求在全市掀起歼灭恶狗的雷霆风暴。公安局局长带头组建"打狗敢死队"，在全市范围进行拉网式的搜狗行动，决不留死角，决不漏一条疯狗！

梦城的大狗、小狗、宠物狗、流浪狗统统遭到捕杀。宁错杀一千，不放过一个。

梦城再也听不到狗叫、见不到狗影了。

张三发了一条微博：奇怪的是，被狗咬者不是当官的，就是大老板，从没发生过一起咬伤老百姓的事件。跟帖和转播很多，人们私下里都在暗暗留意，想保护这条狗。

市长无意也听到别人讨论这条微博，下令删掉微博，把发微博者抓起来。

张三那天正在家睡觉，突然冲进来几个警察，按住了他，把他塞进了警车，这时张三隐隐约约听到了狗叫声，他四处张望，并没有看见那只狗。

张三只承认微博是他发的，死活不承认跟这只疯狗跟他有半点关系。警察也没办法，把张三关了几天就放了。

省里一个大领导带着媒体记者来到了梦城，他们来检查交流打狗经验，总结"打狗战果"，好在全省宣传推广。

检查完毕，大领导被请进了酒楼。然后去了歌厅，最后去了洗浴中心。大领导没想到的是，洗浴中心不知道怎么钻出一只狗，狠狠在他下身咬了一口。

这只狗彻底疯了，它开始了疯狂的报复，咬伤者全是达官贵人，此事在全国引起了很大的反应。

上面派人来调查，没想到被狗咬者都有问题，要么是贪官，要么就是黑心老板。

张三想不明白，狗为什么要咬贪官？后来他看了一篇报道：一个专家说，这只狗原来是省长夫人的狗，省长被双规后，它顿时成了丧家之犬。它吃惯了大鱼大肉，突然面对粗粮淡饭，它不适应。而那些贪官和老板吃的是山珍海味：鲍鱼燕窝王八肉……喝的是五粮、茅台酒和洋酒等等，所以他们的身上的肌肉散发出一股独特的气息，狗就喜欢咬他们身上的肉。

张三看完哈哈笑了，他终于明白狗为什么要咬贪官了。（原载《微型小说选刊》）

流浪的心

这篇属荒诞派写法，从题目到内容都是如此，题目就颇抓眼球。从写作笔法来说，是荒诞的，但反映的内容却根植于现实的。作者匠心独运地用一颗心的流浪来抨击某些人堕落，讽刺入木三分。中国有句骂人的老话，谓之"良心被狗吃了"，作者的故事，把这老百姓的大白话，演绎得淋漓尽致。

晚上11点，金明池正要睡时，门铃响了起来。

金明池当上副市长后，每天晚上来敲他门求他办事的人络绎不

孤独的英雄

绝，当然那些人都不是空手来的。金明池开门后看了看没人，他确实听到门铃响了，难道是自己耳朵出了问题。金明池正在犹豫时，嗖的一声，一个东西跳了进来，他一看是个拳头大小的东西，他以为是炸弹，吓得叫了起来。

那拳头大小的东西突然说话了，别怕，我回来了。

金明池一惊，你是谁？

我原是你身体一部分，我叫心脏，也叫良心，简称心。

金明池松了一口气，你回来干啥？

心说，我被你抛弃后，我一直在街上流浪。刚才我在街上遇见了几只狗，我被他们追杀，它们样子好凶啊，它们要吃我，要不是我跑得快，早就成了它们的晚餐。

金明池淡淡地说，是吗。

心说，我现在才知道，梦城的狗为啥个个长得膘肥体壮，原来是梦城流浪的心太多。狗最喜欢吃那些被人抛弃的心，心对他们来说是世上最好的美味。

金明池把手放在胸部，凭什么能证明你就是我的心呢？

心说，证明了又能起什么作用呢？我现在被你出卖了，离开你后，我以为可以独立生活，我走遍大街小巷，就像一个流浪的乞丐，我被人嘲笑被人欺负，过着饥寒交迫的生活，你看我现在瘦成什么样子了，我想回到我原来的位置。

金明池说，不可能了，现在我的身体已没有你的位置了。

心说，想当初你是多么善良，为人正直，你当气象局长时，一心扑在工作上，不抽烟不喝酒不洗脚不按摩……回家后一心又扑在宋词的研究上，那些日子虽然过得清贫，但很充实，也是我最幸福时光。自你当上市长后，整天泡在酒席上，作为你的心脏，每天都被你身体的营养滋润着，我感到骄傲和自豪。

第四辑　荒诞笔记

金明池说，人在江湖，身不由己。

心说，什么身不由己，都怪你太贪。

金明池笑着说，我贪吗？

心说，当初苏幕遮为了把北郊一块地拿下来，他偷偷塞给了你100万，你以为我不知道。面对你的第一笔赃款，你内心里很矛盾，晚上常常失眠，最后你还是收下了，你不敢存银行不敢放在家里，你就偷偷臧在楼顶的池塘里。后来你见没啥动静，就借了亲戚的身份证办了张存折，把钱存了进去。

金明池脸色变了，你还知道啥？

心说，梦城的大老板高阳台为了揽一个工程，送你美元英镑送你小车，还送你一套价值不菲的房子。

金明池说，你还知道啥？

心说，求你办事的人不计其数，光我知道人家送你价值几万的手表就有十几块，金银首饰更是多如牛毛，名烟名酒更是堆满屋，这么多的烟酒你一辈子都抽不完喝不完，你就让你小舅子开了个烟酒专卖店，卖的全是别人送你的东西……

金明池阴阴一笑，把你知道的全说出来。

心说，你还在沁园春小区包了一个非常漂亮的演员，她名字叫虞美人。

金明池大喝有声，够了，你想干啥？

心说，我想回到我原来的位置。

金明池说，不可能了，你想我现在没有你，我生活得很滋润，一旦你回到你原来的位置，我的身体将会产生排斥功能，它们已不适应你了。再说，在梦城你想出污泥而不染，那是不可能的，否则你寸步难行，死的更快。

心说，你非要赶我走，我将会把那些流浪的心组织起来，成立

137

孤独的英雄

一个良心委员会，我们去纪委告你。

金明池狞笑一下，要不我给你100万，你立马在我眼前消失。

心说，我虽被你出卖，差点被狗吃，但我还有一点良知，我不会被你收买的。

金明池笑了笑，有事好好商量，你等我考虑一下。

心说，我饿了，跟我弄点吃的。

金明池熬了一锅鸡汤，心让他放上人生、钩稽、银耳、红枣……汤熬好后，心让他倒进浴池里，然后心跳了进去，他靠这种方式补充营养。补充完毕，心又冲了一个热水澡，然后琐上那间小房的门，钻进被窝美美睡了一觉。

中午，金明池下班回家。他说，亲爱的，我回来了。

心说，主人，你好，你回来了。

突然，金明池身后冲出两只大狼狗扑向心，心滚进沙发下，两只狼狗钻不进去，望着心只能汪汪大叫。

金明池大声喊叫，把他给我吃了，这回看你朝哪跑。

金明池搬动沙发，心就跟着沙发移动，趁两只狼狗不注意，心突然跳上阳台，从窗户上跳了下去。心坠落在厚厚地草坪上，他爬起来，迅速消失了。

金明池开始满城寻找他的心。（原载《山东文学》，获《小说选刊》12+3微型小说大赛优秀奖）

名人树

名人树一下成了摇钱树。摸一下树，50元。宣传册上这样说：摸一下树，你将成为第二个牛顿。家长谁不希望自己的孩子成为下一个牛顿，于是纷纷掏钱……几年后，由于过度开发，名人树干枯了，死了。

兰陵王带着女秘书去欧洲考察，名为考察，其实就是游山玩水。

他们来到了英国，在剑桥大学附近看见了一颗苹果树，树上挂着一个牌子，兰陵王问，"牌子上写着啥？"女秘书毕业于名牌大学，学的又是英语，她翻译道，"这棵苹果树就是当年砸在牛顿头上那个著名苹果繁衍的后代。"

兰陵王一惊，"这棵树其貌不扬，原来是棵'名人树'。"

女秘书说，"我们这次来就是为了招商引资，如果能把这棵树引进梦城，这将提高梦城的知名度，推动梦城的经济发展。"

兰陵王一想，"我怎么就没想到呢？你去跟他们负责人谈谈，花多少钱我都不在乎。"

经过谈判，最后兰陵王出价2个亿，终于买下了这棵苹果树。

树被挖出来后，兰陵王包了一艘货船，连夜运往梦城。

树还没到梦城，兰陵王早已坐飞机回到了梦城。

兰陵王紧急召集领导班子开会，讨论这棵'名人树'安置问题，虽然有人有怨言，心里都在说花高价购买这棵树简直是胡闹，但嘴上都说值，还是兰书记有眼光。经过讨论，在梦城新修一座公园，专门安置这棵苹果树，公园名字就叫"牛顿公园"。成立牛顿领导小组，组长为市委书记兰陵王，副组长为市长唐多令，具体事务由秘书长全权负责处理。

秘书长立即召集公安、工商、城管等部门负责人开会，让他们立了'生死状'，保证拆迁顺利完成，公园如期完工。

树运回来了，新公园还没修好，如何安置？

秘书长就去给兰陵王汇报工作，听完汇报后兰陵王说，"先把'名

孤独的英雄

人树'暂时栽在市委门前那块空地上,等新公园修好后再移植过去。"

秘书长得了指令,立即去安排工作。

经过几天奋战,名人树终于栽在了市委门前。

为了防止这棵树被人人为破坏,公安局长江城子亲自带队,24小时轮流照看这棵树。秘书长又怕这棵树水土不服,又聘请了全国著名的植物专家为它把脉,在树上挂满了各种营养液。怕这棵树寂寞,又请了歌舞队为它表演……

新公园终于修好了,兰陵王亲自指定了'名人树'的位置。名人树的旁边很快就树起了一个十米高的牛顿铜像,他手上拿着一个硕大的苹果。

移植这天,很隆重,公园彩旗飘飘,大气球在空中飘动,兰陵王发表了讲话,他说这棵名人树将被定为梦城的市树。然后剪彩,掌声雷动,立即各种歌舞表演轮番登场。

秘书长见兰陵王喜笑颜开,心里绷劲的玄稍稍松了一下,他知道这棵树后期的工作还有很多,为了这棵树要成立保安队、环卫组、医疗小组……

开春后,这棵树终于发芽了,开花了,结果了。秘书长整天在这棵树下转悠,盼望着苹果早点成熟,他好把第一个苹果送给兰陵王品尝。

苹果终于成熟了,秘书长提着钱去拜访兰陵王,"书记你真有眼光,这是给你的分红和回扣。"

兰陵王拍了拍箱子,呵呵一笑。

秘书长立即又递上苹果说,"这是名人树结的第一个苹果,请品尝。"

兰陵王咬了一口,"进口的苹果味道就不错。"然后陷于了沉思。

秘书长问,"怎么了?"

第四辑 荒诞笔记

兰陵王说，"你是我的心腹，你说江梅引、忆江南和秋宵吟谁最合适当局长？"

秘书长说，"机会留给运气好的人，苹果砸在牛顿头上，他发明了万有引力定律。要不让他们公开公平竞岗，让他们站在苹果树下，苹果先砸在谁的头上，就让谁当局长。"

兰陵王说，"这主意不错，我收了他们的好处费，没当上的也没怨言，只能怪自己的运气不好。"

在公证处的监督下，江梅引、忆江南和秋宵吟站在了苹果树下，等待苹果砸在自己的头上。他们站了一天一夜，连上厕所都憋着，生怕离开半会儿苹果就落了下来。

奇迹终于发生了，半夜时分，一个苹果砸在江梅引的头上，他喜极而泣，狂笑不已。

从此，梦城开始了这种公开公平公正竞岗模式。

名人树顿时人人皆知，它成了许多外地游客和学生们必来瞻仰之地。

秘书长每天看着来来往往的人们，突发奇想，花高价买的树不能这样白看啊，他就请工人在百米见外处就把树圈了起来，堂而皇之地挂出门票50元的价牌，新设了收钱的哨位。

名人树一下成了摇钱树。摸一下树，50元。宣传册上这样说：摸一下树，你将成为第二个牛顿。家长谁不希望自己的孩子成为下一个牛顿，于是纷纷掏钱。摘一篇树叶，100元。宣传册上这样说：摘一篇树叶带回家，高考你将一路顺；摘一篇树叶带回家，家和家顺万事顺；摘一篇树叶带回家，升官发财一路顺；……树叶顿时成了抢手货，价钱还不断上涨。苹果跟着也成了天价苹果，被人称为黄金苹果。接着苹果和树叶，成为图片、成为徽章、成为各式各样的工艺品，带动了梦城很多相关产业的发展。

孤独的英雄

几年后，由于过度开发，名人树干枯了，死了。（原载《微型小说月报》）

名人树的插曲

人们把他送到医院时已死了。医生结论是：落下的苹果砸中头部，致颅脑损伤，再加上过度兴奋，导致死亡。

梦城开始了"牛顿苹果"这种模式选拔干部后，主考官秘书长一下成了红人。

每天上门拜访者络绎不绝，当然他们都不是空手而来的，大包小包的，他们请教如何让苹果砸在自己的头上的绝招。梦江南说，"你说苹果偏偏砸在张三头上，而不是砸在李四头上，这其中有没什么窍门？"

"哪有什么窍门，靠运气。"秘书长说。

"没有潜规测？"

"没有，绝对没有。"

梦江南不罢休，有事没事就约秘书长打麻将。打麻将是假，其实故意给秘书长送钱。

梦江南知道秘书长喜欢钓鱼，周末就约秘书长去梦城湖钓鱼。

梦江南又开始套秘书长的话，"你说苹果偏偏砸在张三头上，而不是砸在李四头上，这其中有没什么窍门？"

秘书长望了梦江南一眼，"运气而已。"

梦江南说，"不仅仅是运气这么简单吧？"

"其他原因很多，比喻跟你所站的位置，"秘书长笑了笑说，

第四辑 荒诞笔记

"甚至包括天气风向等等都有关系。兰书记的博士论文《"牛顿苹果"落地规律及用人机制》,回去你好好学习下,研究下。"

"这篇文章在哪可以看到?"

"这篇文章收入兰书记的新书《兰陵王文集》里,书里收的全是他大会小会的讲话稿,值得学习和体会。你要订购多少套?"

"你说多少套合适呢?"梦江南问。

秘书长想了想说,"那就订购1000套吧。"

梦江南说,"行吧。我让财务明天把钱直接打到你卡上。"

"也行。"秘书长笑了笑说。

梦江南说,"老大,回头把我给兰书记引荐一下吧。"

秘书长说,"现在咱也不是外人了,没问题。不过现在办事光靠嘴说是不行的,你懂的。"

梦江南说,"这我知道。"

秘书长说,"借这次下面换届的机会,兰书记准备人员调整,大动手术。好多人早已提前活动了。兰书记有五条用人经,不给你细说了,总之一句话唯钱选拔。"

"是吗?"

"兰书记跟唐多令市长面和心不合,你一定站好队,我说的意思你明白吗?"

"明白。我手上有幅张大千的画,我不懂画,回头你送兰书记,让他鉴别一下。"

"兰书记是个行家,"秘书长说,"他喜欢收藏名人字画和古董什么的,让他鉴定,算是找对人了。"

"我家还有些祖传宝贝,回头送你。"

"什么宝贝?"秘书长问。

"到时你就知道了。"

孤独的英雄

秘书长哈哈笑了。

在秘书长的运作下，梦江南成了某局局长的五个候选人之一。

名单进入了公示，梦江南心里很不踏实，他看了一下，其他四人都是有关系有背景，他知道秘书长老奸巨猾，进入候选的五个人都给他和兰书记塞了不少好处，这次能不能当上局长梦江南心里没底。

梦江南直奔秘书长的家，"老大，你说我这次竞聘有没希望？"

"看你运气了。"秘书长嘿嘿一笑。

"我这次志在必得，你一定要帮我啊！"

"我怎么帮你啊？"秘书长嘿嘿又一笑。

"你是主考官之一，根据你的经验，给我选一个好位置，让苹果直接砸在我的头上。"

"这个没问题。"

公开选拔这天，名人树旁已开始戒严。主考官兰书记、唐多令和金明池市长及秘书长前排就坐，公证人人在旁监督。兰书记发表了简单的讲话，然后五个候选人依次登场，站在提前画好的圈里。

天很蓝，没有一丝风，树一动不动。

梦江南笔直站着。其他五人也一样，心里都在默念着，苹果啊苹果，快点落下来吧！快点砸在我的头上吧！

前排就坐的主考官们把五个候选人的资料翻来翻去，意见很不统一，开始窃窃私语。

12个小时过去了，苹果依然挂在树上。主考官们有点坐不住了，纷纷去上厕所。

"报告。"梦江南喊道。

"什么事？"主考官问。

"我也要上厕所。"

"去吧。"主考官挥了挥手。

梦江南走到秘书长身边,他把一张照片塞在他怀里,悄声说,"我看明白了,机关在兰书记手上,只要他一按,隐形的钢丝绳就会把苹果扯下来。你不让我当局长,我就把你和兰书记在外包养情人的事发到网上。"秘书长和兰书记是否在外包养情人他不清楚,梦江南故意加上去的。

秘书长的脸色顿时变了。

五个候选人依然笔直站在树下,一动不动。

奇迹终于发生了,好像起风了,一个苹果落了下来,砸在了梦江南的头上。梦江南狂笑不已,突然倒在地上。人们把他送到医院时已死了。医生结论是:落下的苹果砸中头部,致颅脑损伤,再加上过度兴奋,导致死亡。(原载《微型小说月报》)

圈

他们最终还是栽在了药上。医院采用凌波曲的药,出了人命。上面一调查,药有问题。再一深查,何满子经济有问题,生活作风也有问题。

何满子有个习惯,每天下班后,喜欢步行回家。

何满子年过40,身体突然发富,小肚子也冒了出来,为了加强锻炼,他便让司机先回去,自己选择步行,单位离家很近,走路也就20分钟。

一个记者捕捉到了这个消息,这段时间媒体一直在报道三公

孤独的英雄

经费问题,记者采访了何满子,刊发了他的事迹。在梦城市卫生系统,何满子本来就是个风云人物,博士研究生、梦城十大杰出青年,何满子最风光的时候曾同时兼任4家医院的院长,如今又是梦城市医院管理局副局长。媒体这么一报道,何满子更是名声大振。

何满子每次回家在路上都会遇见一个40多岁的男人,起初他没在意,后来碰到过几次,只是相互看看,没说话。

一天,何满子步行回家。他听到了身后的脚步声,回头一望,又是那男人,何满子望着男人笑了笑,那男人也笑了笑。

何满子好奇地问,"你每天也是走路回家?"

男人说,"是啊!锻炼身体!"

何满子"哦"了一声。

男人说,"每天走路回家,我的身体好多了。身体是革命的本钱啊,没有好身体一切皆是白搭。"

何满子说,"是啊。"

两人就这样认识了,很快成为了好朋友。周末常常相约一同爬山,钓鱼什么的。关于男人的身世家庭背景工作什么的,何满子没有问,男人也没说,何满子只知道对方叫凌波曲。

又一天,何满子步行回家,又遇见了凌波曲。

凌波曲问,"看你愁眉苦脸,是不是有啥心事?"

何满子说,"汉川发生地震,余震波及到梦城下面一个县,我准备亲自带一个医疗队去救治灾民,媒体还要跟踪报道,可偏偏就在这时,我的司机是个胆小鬼,不敢下去,请病假回家了。"

凌波曲说,"这可是一个露脸的好机会。"

何满子说,"实不相瞒,我也是这么想的。"

凌波曲说,"如果你放心的话,让我给你当司机,我开了10年的车。"

"好啊。要不就请你，一天200元，怎么样？"

"说钱就见外了，我免费给你当司机。"

"这怎么行？"

"有啥不行的，你要给钱，我就不给你开了。"

"那就辛苦你了。"

第二天天一亮，凌波曲开着车带着何满子就出发了。

山路弯曲，路面不平，又下着暴雨，随时可见坍塌的路面，凌波曲把车开得很平稳，何满子很满意。山上突然滚下一块大石头拦住了道路，接着车后面又滚下一块大石头，车前进不得后退不得。凌波曲把头伸出车外，大叫一声，"快跑。"何满子吓蒙了，坐在车上一动不动。凌波曲拉开车门，几乎拖着何满子跑到一个安全的地方，等他们回头一看时，小车已被埋在泥石流里了。

从这以后，何满子彻底地信任了凌波曲。

何满子和凌波曲每天依然步行回家，不知不觉两年过去了。一到逢年过节，凌波曲就去看望何满子，何满子很是感动。

"你是我的救命恩人，有啥要求尽管提，我总想能为你做点什么。"何满子说。

"没啥要求，君子之交淡如水吗。"凌波曲说。

"要不这样，你给我当司机吧？"何满子说。

"算了，要是我给你当司机，"凌波曲说，"我岂不是抢了别人的饭碗，再说那司机我也认识。君子不夺人所爱。"

何满子只好作罢，但他总想能为凌波曲做点什么。

又一年春节，凌波曲又去给何满子拜年。

何满子说，"你是我的救命恩人，我总想能为你做点什么。"

凌波曲沉思了半天，"我……我没啥要求……"

"我们可是生死之交,你这样就不够意思了。"

"最近家里出了点事情,老婆下岗,孩子上学……"

"别说了,你要借钱吗?借多少,尽管开口。"

"不是借钱。"

"那是啥?"

"我想创业,我认识几个厂家,我想做药品销售。"

"以前怎没见你提过?"

"以前日子勉强能过,我这人一般不想给别人添麻烦,现在家里出现了这种情况,都是生活把人逼的。"

"这事包在我身上。你知道吗?卫生局长尉迟杯是我的哥们。"

"太好了。"

凌波曲通过何满子做药品生意,轻轻松松地赚了大钱,光每年的销售业绩就达到四五千万元。凌波曲回报给何满子的,是车子、房子和票子。

他们最终还是栽在了药上。医院采用凌波曲的药,出了人命。上面一调查,药有问题。再一深查,何满子经济有问题,生活作风也有问题。

后来,何满子和凌波曲同时关在一个监狱。望风时,两人相遇,何满子说,"原来你当初接近我,早有预谋。你伪装得太好了,我算是瞎了眼。"许左哈哈一笑,"你怎么现在才明白?我这是放长线钓大鱼,不过我没想到的是我把自己也'钓'了。不过没关系,荣幸的是,我们现在成了同学(同囚)……"

何满子气得倒在了地上……(原载《百花园》)

148

第四辑 荒诞笔记

套

尉迟杯心里一下就明白了,这一切原来都是高阳台提前设好的套,一萼红就是诱饵,就等着他朝进钻,也不知道梦城有多少官员钻进了他的套……

在梦城,尉迟杯口碑很好,为人正派、为官清廉。

只到一个女人的出现,尉迟杯的人生轨迹便拐了一个弯。

那天,尉迟杯接到一个陌生的短信:局长好,我是梦城医院的一个护士,我想向你私下里汇报思想。晚上我们在双飞燕酒店518房见。落款是一萼红。尉迟杯收到短信笑了笑,心里说一个护士跟一个卫生局长有什么思想可以汇报呢?他打算不理,就在他准备把短信删了时,犹豫了一下,恰好有人敲门,他坐到办公桌前说,"请进!"

"局长,你好啊!我是来汇报工作的!"进来的是他的老部下何满子,何满子是他一手培养出来的。当年何满子读研究生读博士,都是尉迟杯逼着他去的。在梦城市卫生系统,何满子是个风云人物。博士研究生、梦城十大杰出青年,同时兼任4家医院的院长。后来,何满子再获升迁,出任梦城市医院管理局副局长。而他一路升迁的背后,都离不开尉迟杯的赏识和提携。

何满子汇报完工作后,两人开始了闲聊。

尉迟杯问,"梦城医院有一个护士,是不是叫一萼红?"

何满子突然一惊,"你问他干吗?"

尉迟杯说,"随便问问。"

孤独的英雄

何满子说,"她来梦城医院时间不长。她可是我们医院的一朵花,长得非常漂亮。"

何满子走后,尉迟杯想了半天,最后决定去会会一萼红。

尉迟杯来到了双飞燕酒店518房,一萼红早已在那等候。

"局长大人,你可来了,我还以为你不敢来呢?"一萼红爹声爹气的说。

尉迟杯哈哈大笑道,"有啥不敢来的,我还怕你吃了我不成,你不是要向我私下里汇报思想吗?"

一萼红拉着尉迟杯的手,抛了一个媚眼,说,"是啊,到床上去汇报吧!"

一萼红的香手柔软无骨,仿佛有股无形的魔力,尉迟杯跟着乖乖上了床。

一萼红成了尉迟杯的秘密情人。

一次约会后,一萼红说,"你儿子在家待业都三年了,你也不在梦城给他活动一下,凭你的关系,安排工作还不是是小菜一碟嘛。"

尉迟杯说,"我也想用手中的权利帮儿子联系工作,但为了避嫌啊。"

一萼红指着他的额头说,"你傻啊,你不为儿子着想,你也要为自己着想。"

"什么意思?"

"你想想,还有几年你就退休了。有权不用、过期作废。难道你就不想赚一笔养老费?"

"不想是假的。"

一萼红笑了,"我这就有个赚钱的机会,只要你点点头,1000万就到手了。"

尉迟杯问,"啥机会?"

第四辑 荒诞笔记

"你把市妇女儿童中心医院基建工程交给高阳台去做，他给你回扣1000万，就这么简单。"

"这恐怕不行，我怕质量出现问题。"

"质量肯定没问题，这个你放心。梦城好多楼盘不都是高阳台开发的吗，也没听说出现啥问题。"

"我在考虑一下。"

尉迟杯一考虑就没下文，一萼红不罢休，几天后又约他见面。

"局长大人，考虑得怎样？"

"这恐怕不行，竞标企业很多啊。"

一萼红说，"别以为我不知道，那些做药品生意的和很多医院都搭上了关系，我的一个表弟光每年的销售业绩一下子就达到四五千万元。这其中的猫腻我就不多说了。"

"你到底想怎样？"

"如果你不把工程交给高阳台去做，我把你跟我上床的录像交给纪委，让你吃不了兜着走。"

尉迟杯一怔，"你录了像，我怎么不知道？"

一萼红说，"要不你看看。"

荧屏上出现了他们赤裸裸的镜头。

尉迟杯说，"我答应你。"

尉迟杯立即给时项目建设负责人的何满子打招呼，希望能在工程招标时关照高阳台。何满子为了确保万无一失，以惠民工程的名义，将竞标企业的资质由"一级"提高到"特级"。工程招标还没开始，尉迟杯就用权力，隐蔽地替高阳台将竞争对手排除出局。

高阳台中标后，他私下给尉迟杯承诺，在满庭芳、杏花天、沁园春楼盘为他买3套房子。同时将500万元"点子费"分别送给了尉迟杯和何满子。

尉迟杯面对如此多的现金，有喜有忧，就在他发呆时，一蕚红来了，她掏出一串串钥匙说，"高阳台送你的三套房，房子是精装修的，很不错，我好喜欢。"

尉迟杯说，"既然你喜欢，就都送给你吧。"

"真的吗？"一蕚红扑了过去，抱住尉迟杯亲了一口。

第二年，何满子因经济问题出事了，尉迟杯深信，这个精心栽培和提拔的老部下，是不会供出自己的。可他万万没有想到，何满子在交代医院基建工程受贿一案时，供出的一个中间人—蕚红。检察机关顺藤摸瓜，尉迟杯走进了他们的视线。

尉迟杯被双规了。

后来，直到尉迟杯呆在监狱里时才知道，一蕚红原是夜半乐洗浴中心的小姐，她是高阳台的情人，同时也是何满子的情人。尉迟杯心里一下就明白了，这一切原来都是高阳台提前设好的套，一蕚红就是诱饵，就等着他朝进钻，也不知道梦城有多少官员钻进了他的套……

兽

现在我才明白，我们白天是人，晚上变成动物，是我们太贪婪，贪婪使我们丧失了人性，使我们变成了动物……我现在要重新做人。

龚甲半夜醒来，他发现自己变成了一只猴子。

他大吃一惊，摸了摸脸，脸上长满了茸毛，身上也长满了毛，特别是那尾巴又细又长，圈成了一个大大的问号。

"我怎么变成了猴子？"

第四辑 荒诞笔记

龚甲开始哭泣，天亮时，他对着镜子一照，笑了，身上的茸毛没见了，那尾巴也没见了，龚甲怀疑这是晚上做梦而已。

白天，龚甲陪着领导去做廉政报告，领导大讲特将当前的反腐工作，并结合自己的清正廉洁的故事，赢得了阵阵掌声。领导每讲到精彩之处时，龚甲就鼓掌，龚甲一鼓掌，下面就掌声一片。龚甲像个导演，引导着台下的掌声。鼓掌是门学问，啥时该鼓，啥时不该鼓，龚甲掌握着非常好。

报告完毕，龚甲陪领导去酒店吃饭，领导高兴，龚甲就多喝了几杯。

龚甲醉了，回家躺在床上就睡了。

半夜，龚甲醒来，发现自己又变成了一只猴子。

酒劲还没散去，龚甲心里难受，抓耳挠腮，就去街上溜达，来到一个偏僻处，一弯寒月挂在树梢上。突然一只兔子蹿了出来，在他面前一闪，龚甲本能的爬上树。接着一只大灰狼追了上来，搂住兔子就撕咬，兔子挣扎了一下，死了。

一会儿，又来了一只狐狸和老虎，他们看上去很亲热，大灰狼见了老虎立即点头哈腰，不停地摇尾巴。

大灰狼说，"谁让他跟我们作对，死得活该！"龚甲一听声音好熟悉。

狐狸说，"只要跟我们作对，一个都不放过。"

这时老虎说话了，"下一步我将竞争兽城的市长，但有一个对手就是那钱局长，只要打败了他，这市长的位子非我莫属。"龚甲大吃一惊，这不是领导的声音吗？领导变成了一只老虎。龚甲在仔细一听，大灰狼是二把手变的，那个狐狸是领导的女秘书，他们正在策划如何谋杀那个钱局长。

龚甲一惊，弄响了树枝。

孤独的英雄

二把手说,"谁?给我滚下来。"

龚甲只好从树上溜了下来。

二把手瞪着血红的眼睛,张牙咧嘴扑向龚甲。

龚甲说,"自己人。"

二把手松开爪子,龚甲来到领导面前说,"头,为什么我们白天是人,晚上就变成了动物呢?"

领导说,"我们中了钱局长的妖术,他让我们白天做人,晚上做动物。"

龚甲说,"所以你们要杀钱局长?"

领导说,"是的。只要杀了钱局长,我们才能正正地做人。"

龚甲说,"只要我能帮得上忙,我一定尽力。"

领导拍了拍龚甲的肩说,"好。"

一个谋杀钱局长的计划便出来了,由女秘书勾引钱局长,然后大家弄死他。

天快亮了,他们各自回家,然后又变回到了原来的模样。

天黑时,龚甲又变成了一只猴子,他躲在树上负责观察。一会儿,女秘书在陷阱上支起了草,钱局长出现了,他是一只大狮子。

"钱局长,我在这里。"女秘书爹声爹气地说。

钱局长扑向女秘书,女秘书一闪,他掉进了陷阱,陷阱里如刀般的竹剑深深插进了他的身体里。埋伏在四周的二把手和领导趁机活埋了钱局长这只大狮子。

第二天,媒体报道,钱局长暴病而亡。

领导如愿的当上了市长。

龚甲依然一到晚上就变成猴子。

一个没有月亮没有星星的晚上,龚甲又去梦游。这时一只老虎突然蹿了出来,按住了龚甲,龚甲认出了老虎是老领导变得,"我是龚甲，自己人……"

老领导说，"我知道你是龚甲，因为你知道的太多，我今天必须要亲手杀了你。"

龚甲说，"我对你忠心耿耿，你这人太没人性了。"

老领导说，"别跟畜生讲人性。"

龚甲说，"我有个问题想问你，要死也要死个明白。"

老领导说，"你快说。"

龚甲说，"白天我们是人，晚上是动物，记得你说是我们中了钱局长的妖术，如今钱局长死了，我们为何白天是人，晚上还是变成了动物呢？"

老领导笑着说，"你就是不明真相的群众，我们骗你的，钱局长根本不懂什么妖术。"

龚甲乘机挠老领导的痒痒，老领导一笑，爪子一松，龚甲乘机蹿上一棵大树，跑了。

龚甲不敢回单位上班，白天就躲了起来，晚上就偷偷跟踪老领导。

龚甲掌握了老领导和女秘书约会的地方，就偷偷制作了一张大网。

当老领导和女秘书约会时，龚甲偷偷按下机关，一张天罗地网从天而降，罩住了他们，他们越挣扎，网越紧，"放开我们，我可以让你当官，让你发大财！"

龚甲说，"别做梦了，我不会再相信你们的鬼话了。只要天一亮，你们灵魂赶不回去，就不会变成人了，那么你们必死无疑。现在我才明白，我们白天是人，晚上变成动物，是我们太贪婪，贪婪使我们丧失了人性，使我们变成了动物……我现在要重新做人。"

第二天，人们发现树林里吊着一只老虎和狐狸。

果然，有消息传出，大领导和他的女秘书死了，死在同一张床上。

随笔随语

孤独的英雄

能 人

能人的小眼睛总是处于微闭状态,偶尔一睁开,眼里酒汪汪、财汪汪、色汪汪……从前那只聪明的大脑,现在处于冬眠状态。

他刚生下来时不哭不闹,接生婆在他屁股上拍了一巴掌,希望他哭,因为每个婴儿生下来都要哭,结果他不但不哭,反而笑了,一双眼睛转来转去。接生婆一怔,在她几十年的接生中这还是第一次遇到,她说,这孩子长大后一定是个能人,就叫他能人吧。

父母于是给他取名叫能人。

能人家境贫穷,父母都是老实巴交的农民。转眼二年过去了,跟能人一般大的孩子都开始说话时,而能人没见说话的迹象,只是他的一双眼睛里深藏着不安和倔强。父母似乎明白了他是在用眼睛说话。

能人上小学了,在班上他格格不如,他只是默默地埋头学习,从没见他说半个字,也没见他笑过,就连上音乐课他也紧闭着嘴巴,同学开始讨厌他,叫他小哑巴。每次同学叫他小哑巴时,能人就用一双眼睛狠狠盯着对方,他的眼里充满着不屑如之为伍,一心要摆脱命运的焦灼。

能人从小学到中学,每次考试都是班上第一名。

那年高考,能人一举成名,他成了该县的第一个全省高考状元。

全村为之轰动,全县为之鼓舞。各大媒体记者纷纷涌入能人家里。面对记者的摄像机,能人第一次说话了,他知道他的命运从此将要改变。人们都大吃一惊,原来能人不是哑巴。

156

第四辑　荒诞笔记

能人走出贫瘠的大山来到了北京，能人正式开始用嘴说话了，能人的口才很好，他坚持的观点，往往好多人都驳不倒他。

能人在学校里勤奋学习，特别是他的嘴就像一本大百科全书，各种知识从他嘴里连绵不断的蹦出，让人敬佩。能人身后跟随了一大批崇拜者，特别是好多漂亮女孩子都纷纷给他写情书。

大学毕业后，能人分到政府部门。

能人的身份从此告别了农民，他变成了城里人。变成城里人后，能人说话部位也变了，变成了手和脚。能人深知在基层要少说话，多干事。能人为了工作，任劳任怨，手和脚一刻也没停过，此时能人大脑也处于高速运转之中，能把信息及时传递给手和脚。

能人工作出色，深得领导赏识，不久能人提拔为部门主任。当了主任后，能人说话部位变成了脊椎，其他器官崭时关闭，因为能人要点头哈腰，所以能人的脊椎每天都是处于弯曲状态，并且根据官位大小所做的弯曲也不一样，还要唯唯诺诺地陪上笑脸。

不久，能人当上了市长的贴身秘书，人们要找市长办事，首先要找的就是能人，甚至能人掌握着他们的生死大权。此时能人的话语达到了顶峰，他的浑身各种器官开始运转起来，手、眼、耳朵、脑子等配合默偕，待人接物眼到口到心到，手到眼到身到，真是兵来将挡水来土掩，没有什么难事能难住他，他不亏是能人，各门语言都被他修炼的炉火纯清，运用自如。

一年后，在市长的安排下，能人去了汉阴县当县委书记，市长说先让他锻炼锻炼，因为汉阴县要撤县建市，无疑能人将要重用。

在汉阴县能人是一把手，一切都是他说了算。能人每天泡在酒桌上，能人的肚子见风般狂长，啤酒肚像山包似的凸起。能人说话部位慢慢也发生了改变，能人开始用肚子说话了。能人每天走路抬头挺胸，头仰得很高，特别是那个肚子像个十月怀胎的孕妇，似乎

157

孤独的英雄

在像人们展示着他的高贵和尊严，人们见了他的肚子纷纷点头哈腰，请书记大人指示！能人微微一笑，一些朦胧的话语就从肚肌眼中传了出来：好……照我说的去办！

不久，汉阴县撤县建市，能人顺利成章的变成了汉阴市市委书记。

能人继续发胖，走路他看不见自己的脚了，肚子上的赘肉在增长，肚肌眼被迫关闭。能人说话的部位转移到眼睛，原先的大眼睛因脸的发胖变成了小眼睛。能人的小眼睛总是处于微闭状态，偶尔一睁开，眼里酒汪汪、财汪汪、色汪汪……从前那只聪明的大脑，现在处于冬眠状态。

后来，我在监狱里见到了能人，能人一句话都不说，能人说话的部位又转移到手上了。

能人在写一不书，书的名字叫《姿态语言的艺术——一位贪官的忏悔录》。

离婚公司

离婚公司的，专门帮人策划离婚。离婚公司就导演了一个冠冕堂皇的离婚借口，原来卜玉郎是一个大导演，江老板是一个小丑演员……

薄媚被阳台上的响声惊醒，老公江城子经常夜不归宿，她想一定是小偷。她故意咳嗽一声，房间里顿时安静了下来，她立马穿衣，到厨房操起一把菜刀，有了菜刀壮胆，她大喊一声，"出来。"

一个英俊的小伙子站了出来，面无一点惧色。

"你干啥？"薄媚厉声说。

第四辑　荒诞笔记

小偷见屋里只有薄媚一人，他大摇大摆地坐到沙发上说，"不干啥，最近手头有点紧，想借点钱用。"

"你快滚，再不滚，我就喊人了。"

小偷点燃一根烟，跷起二郎腿说，"你喊啊，不信你喊破天，都没人管你。"

薄媚说，"再不走，我真喊了。"

小偷说，"你喊啊！"

薄媚就大声喊了起来，"来人啊，抓小偷！……"

小偷笑了笑说，"喊够没，没喊够继续喊。你看看，家家灯都灭了，没人敢来救你的。"

薄媚朝窗外一看，原本亮着的灯也灭了，四周黑黑一片。小偷死死盯着她丰满的胸部看，薄媚只穿了一件睡衣，在夜深人静的夜晚，薄媚有点胆怯了，本能的后退一步，"你快走，我老公马上就回来了，他可是梦城公安局的局长，当心他把你打成半死。"

小偷哈哈一笑，"我到要见识见识他，看谁把谁打成半死。"小偷没有走的意思，拿起茶几上的电视遥控器打开电视，看起了足球比赛。

薄媚从没见过这么厚颜无耻的小偷，大声说，"再不走，我报警了。"

小偷起身拔掉沙发旁的电话线，把电话扔了过去，"你报啊！"

就在这时，有人敲门，薄媚大喜，知道来了救兵，她从猫眼朝外一看，原来是老公江城子回来了。薄媚转眼一想，如果老公看见半夜三更有一个陌生的男人在家，老公肯定回想到一边去，再说她又跟老公怎么解释呢？薄媚立马来到客厅，小偷面不改色正在津津有喂的看电视，嘴里还喊道，"耶，球进了。"

薄媚对小偷说，"我老公回来了，你快躲一下。"

159

孤独的英雄

小偷一副主人的口气说，"躲啥啊，让他近来。"

薄媚说，"我求求你，你不是想要钱么？只要你躲在柜子里，我给你 500 元。"

小偷扬了扬手，伸出一根指头，"1000 元。"

薄媚立即塞给小偷 1000 元，"你快躲起来吧。"

薄媚把小偷藏了起来，立马去开门。老公江城子说，"今天忘了带钥匙，我喊了半天你都没听见？"

薄媚低下头说，"刚睡着，没听见。"

老公进门后，鼻子抽了抽，"齐怪，房间里怎么有烟味？"

薄媚说，"没有啊，你是不是感冒了，鼻子太敏感了。"

老公看见茶几上烟灰缸里的烟蒂说，"这是怎么回事，你看烟还没灭，是不是趁我不在，勾引野男人？"

老公像狗一样在房子里找，嘴里不停地喊，"你给我出来——野男人。"

江城子找了半天，没见那小偷，他说，"我就不信找不到你。"他拉开柜子，看见了那小偷，江城子大喊一声，"你给我出来。"

小偷走了出来，扬了扬手，"好喽。"

江城子抓住薄媚说，"好啊，趁我不在，你竟敢偷野男人。"他扇了薄媚两巴掌。

薄媚捂着脸说，"你冤枉我了啊。"

江城子说，"证据都被我抓住了，还不承认。看来咱们过不下去了，离婚。"

薄媚说，"他是小偷，不信你去问他。"

小偷趁他们争吵时，早溜了。

后来，无论薄媚怎么解释，江城子都不听。江城子一气之下，经常不回家，两人冷战了一段时间，最后终如离婚了，房子判给了薄媚。

一天，薄媚上班坐公交车，看见了那个小偷，薄媚恨不得一口吃了那小偷，是那小偷让她背了黑锅，她朝小偷走去，她想抓住那小偷，小偷见了薄媚嘿嘿一笑，塞给薄媚一张纸条，然后转身下车了。薄媚追下车，小偷早已跑到没见了。薄媚展开手中的纸条，"我已改邪归正，现在不做小偷了。"

后来，薄媚好长时间都没遇见那小偷了，奇怪的是，薄媚半夜经常想起那个小偷，那个英俊的小伙子。如果他不做小偷，他又在做啥呢？想的多了，那小偷像一个谜，薄媚一直想揭开这个谜底。

周末，薄媚一人在家。这时有人敲门，薄媚打开门大吃一惊，竟是那个小偷。

小偷嘿嘿一笑，"我是来向你道歉的，我已改邪归正。"

薄媚说，"改邪归正就好。"

薄媚让小偷进屋，两人一聊很投缘，那小伙子说他叫卜玉郎，是从农村来的，现在一家公司上班。"

后来，卜玉郎经常来薄媚家，帮薄媚干活。薄媚住在5楼，像一些体力活，换煤气，扛大米等等，卜玉郎就承包了。有时薄媚也留卜玉郎在家吃饭。

一来二去，两人慢慢好上了。转眼到了谈婚论嫁的地步，甚至商量好了啥时去拍结婚照。

一天，两人手挽手在街上散步，说来也巧，他们遇见了薄媚前夫江城子，江城子也挽着一个比薄媚更年轻更漂亮的女人。两个男人相对一笑，张三说，"江老板，您好。"

薄媚说，"你们认识？"

卜玉郎吞吞吐吐地说，"不……不认识……"

江城子哈哈一笑，"岂止认识！实话说吧，他是离婚公司的，专门帮人策划离婚的。"

薄媚想起来了，怪不得卜玉郎当时那么从容，原来江城子为了离婚，就找到了离婚公司，于是离婚公司就导演了一个冠冕堂皇的离婚借口。

薄媚冷笑一声，"没看出来啊，原来卜玉郎是一个大导演，江老板是一个小丑演员，两人演的真好。"她扔下卜玉郎，呼呼得走了……（原载《微型小说选刊》）

柳含烟

柳含烟长的很漂亮，特别是那双火辣辣的会说话的眼睛总是盯着我，我不由得想入非非。

柳含烟是梦城陶吧的一位服务员。

我是在鹊桥仙舞厅里认识柳含烟的，见到柳含烟的第一眼，我就有所预感我和她将会有一段感人的故事。柳含烟长的很漂亮，特别是那双火辣辣的会说话的眼睛总是盯着我，我不由得想入非非。

第二天，我去陶吧找柳含烟，柳含烟见了我非常高兴，她就教我捏泥，泥糊在我手上，弄到桌子上到处都是。柳含烟笑了笑说，"'陶'是一门艺术，既然是一门艺术，那么自然就不是很容易就能学会的咯。用力太重了，泥就会糊在手上，太轻了，又不起作用。其实做人又何尝不是如此？"我说，"看不出啊，你还是一位哲人。"柳含烟就手把手教我，我捏了几个小猫小狗，虽然看上去四不像，但我非常开心。

第四辑 荒诞笔记

后来，我迷上了陶吧，每周周末我都要去柳含烟的陶吧那里共度美好时光。日久天长，我捏的小猫小狗也非常像了，我跟柳含烟的关系也飞速发展。如我所料，我和柳含烟很快发展为情人的关系。

我是一个爆发户，开了一家公司，手上也有点钱。

情人节那天，我给柳含烟买了价值十万元的首饰，我想柳含烟收到我送她的礼物时一定会高兴死了。谁知，我把这些首饰送给柳含烟时，她的表情很淡，她说，"我不希罕这些东西。"我说，"那你喜欢什么呢？"柳含烟说，"我喜欢你能永远爱我。"我拥着她说，"我会的。"柳含烟睁着大眼睛望着我说，"我不会破坏你的家庭，但我也不会再跟别的男人好，我会永远爱你，永远做你的情人，爱你一万年。"在这物欲横流社会能得到柳含烟的真爱，我感动的抱紧了她。柳含烟在我怀里睁开了会说话的大眼说，"你发誓，你也要像我一样，爱我一万年。"我说，"我发誓，我爱你一万年。"柳含烟幸福的闭上了双眼。

柳含烟说，"为了纪念我们的爱情，我们共同捏两个泥人吧。"

我笑着说，"好啊。"

我开始调泥，捏了两个毛坯泥人。柳含烟接过我的泥人，然后接着捏，不一会儿，两个栩栩入生的"我"和"她"便呈现在我面前。我哈哈大笑起来，"太像了，就是看上去我们有点显老。"柳含烟说，"我故意捏成这样的，我希望我们能白头偕老，真爱永远！"柳含烟在"我"背后写下了"爱你一万年"。

我紧紧拥住了柳含烟。

随着时光流逝，我发觉我深深地爱上了柳含烟。柳含烟不像别的女孩跟你好上后，死绞蛮缠的想要代替原配夫人，柳含烟从没提过，她只要求我爱她一万年。柳含烟让我感动，我爱柳含烟，但我也爱

孤独的英雄

我老婆。就这样，我就在两个女人之间幸福的奔波着。为了表示我对阿美的信任，我把所有存折交给了柳含烟，让她保管。

一天，柳含烟突然问我，"你会游泳吗？"我说，"我是一个旱鸭子，你问这干吗？"柳含烟说，"我长这么大，还没看过大海，我希望有一天你能带我去看大海，去海里游泳。"我说，"你放心，我一定会带你去海里游泳。"柳含烟抱着我说，"你真好，我将爱你一万年。"我再次激动得抱紧了柳含烟。

中秋这一天，柳含烟说她想过一个浪漫的中秋，在她的安排下我们来到了郊区一个偏僻的湖畔。晚风习习，蛙声跌起，我和柳含烟坐在湖边的草地上一边赏月一边喝酒吃月饼。柳含烟望着水面上的月亮，激动得站起来背起了柳永的《雨霖铃》。我动情地站起来捧住柳含烟的脸吻了起来。我突然脚一滑，跌进了湖里。柳含烟大喊大叫，"来人啦！"附近没有人家，柳含烟的喊叫是多么苍白无力。我在水里挣扎着说，"快去喊人。"柳含烟哭着说，"你要坚持住，我去喊人。"柳含烟转身跑了。求生的本能支撑我，在挣扎中我抓住了崖边的一棵一尺长的小树，我不敢用劲，我怕把这棵小树扯断，我露出头等待着柳含烟喊人来救我。

几个小时过去了，柳含烟还没来。我冷得不停的抖动，牙齿摩擦的声音在夜阑人静中特别响。我睁大眼睛，不敢松手，如果一松手我就彻底完了。漫长的时光一点一点的过去，天终于亮了。附近的一个农民出现在我眼前，我憋了一口气大喊大叫。那农民闻声过来救起了我。

农民给我弄了些吃的，女主人还把我的衣服烘烤干了，我穿好衣服感激得离开了他们。

我去陶吧找柳含烟，老板说，"柳含烟辞职了。"我打她的手机，手机关机。我迫不及待地打开柳含烟的门，屋里没人。当我拉开抽屉时,才发现首饰和存折都没见了,桌上那个写着"爱你一万年"的泥人还在。我预感不妙,拿着泥人就朝银行赶去,一查询我账上的500万仅剩了7.48元。7.48谐音为"去死吧。"我头一蒙,几乎要晕倒,我想起了当时柳含烟在我胸前推了一巴掌。

我手上的泥人掉在地上,"爱你一万年"碎了。

演　员

床上很凌乱,我包里的现金、相机、手机什么的都没见了。床上还有一张纸条:大导演,我当演员一定合格吧!你这条鱼真好钓!

那天我去梦城办事。

坐在火车上,我呆呆望着窗外荒凉的景色,看久了,便看出寂寞来,我想找个人聊聊。

我注意到了坐在我对面的女孩,女孩留着长辫子,现在城里谁还留这种长辫子,再加上女孩衣着普通,一看就是从乡下来的。女孩低着头默默地看一本杂志。

女孩抬起头,跟我目光撞在一起,女孩脸红了。

我的心一颤抖,这女孩好清纯。

我说,看啥杂志?

女孩说,《诗刊》。

我说,你喜欢诗歌。

女孩点了点头。

我说,喜欢诗歌的女孩内心里一定有诗,一定很单纯。

女孩脸又红了。

孤独的英雄

我说，你也去梦城？

女孩又点了点头。

我说，去梦城走亲戚？

女孩说，不是。找点事干，打工吧。

我说，你不上学？

女孩低下头，高中刚毕业，考上了大学没钱上。

我说，你父母呢？

女孩眼睛红了，他们都死了，家里还有一个弟弟，我想去梦城找点事干，好挣点钱供弟弟上学。

我一惊，你想找啥工作。

女孩说，随便。

我说，梦城的唐市长是我的哥们，要不我给他打个招呼，让他给你安排一个工作。

女孩眼睛一亮，真的吗？

我说，千真万确。不过，当个小职员，没前途，来钱慢。

女孩说，哪啥来钱快？

我笑了笑，开玩笑说，自然是当官啊。

女孩不解地说，当官？

我说，你看看现在媒体报道的贪官，哪个不是一贪就是几百、几千万，有的甚至好几个亿呢。

女孩说，他们贪那么多钱，一辈子都用不完，干吗要贪那么多钱？

我笑了笑，你刚踏入社会，有些事你不懂。当官虽然好，但风险大，我帮你找个来钱快，风险又小的事干。

女孩说，啥工作？

我说，现在当歌星来钱快，嘴巴一张，人民币就从嘴里哗哗朝外掉。你会唱歌吗？

第四辑 荒诞笔记

女孩说，我唱不好。

我说，也是，唱歌要天赋。我看你当演员比较合适。

女孩眼睛一亮，我从小做梦都想当演员。

我说，实话告许你吧，我是大导演，今天你算遇到贵人了。张艺谋和冯小刚你该知道吧，他们是我的哥们。

女孩眼里满是喜悦，太好了。

我说，章子怡和巩俐你该知道吧，她们都是张艺谋包装推出的，如今她们随便拍一部电影，报酬最少都是几百万。如果你跟我合作，下一个章子怡、巩俐就是你。

女孩跳了起来，满眼都是真诚，我能演戏吗？

我说，张艺谋经常挑选一些从没演过戏的人当演员，这样演出来才真实。你单纯又纯洁，我准备拍一部电影，让你演女一号。

女孩说，太好了。请问你拍过哪些电影？

我想了想说，太多了，比喻《甲方乙方》、《英雄》、《满城尽带黄金甲》、《锦衣卫》等等，有的还获过奥斯卡大奖。前些日子我刚拍完《唐山大地震》，下一步我准备拍《纹川大地震》。

女孩满眼羡慕，你真伟大！

火车在梦城停了下来，我带着女孩来到一家酒店。

我说，我们这行有个潜规则，你知道吗？

女孩说，什么潜规则？

我把女孩放在床上，女孩脸红了。

我说，一快洗鸳鸯浴。

女孩脸更红了，我还是处女，不太习惯。你先去洗，我等你。

一听女孩还是处女，我特别激动，哼着歌冲进了卫生间。

洗完澡，我打开卫生间的门，迫不及待地冲了出来。

"我来了。"

167

孤独的英雄

女孩却没见了。

床上很凌乱，我包里的现金、相机、手机什么的都没见了。床上还有一张纸条：大导演，我当演员一定合格吧！你这条鱼真好钓！

我一下瘫软在地上。（原载《新民晚报》）

自杀学校

其实每个人在年轻的时候不免要走些弯路，我年轻时失恋悲痛欲绝，几次都想自杀，后来我遇见了我的另一半，我找到了真爱。现在想想，当时我是多么的傻啊，好好生活才是硬道理。

梦城有名的景点很多，但最有名的景点还是天堂桥。

天堂桥有名，在于每年都有大批人从天堂桥上跳河自杀，像著名歌星凤萧吟，著名诗人梅弄影，著名演员虞美人他们都是从天堂桥上跳河自杀的。桥头有一块宽大的石碑，石碑像一面墙，上面密密麻麻刻满了自杀者的名字。

我慕名来到了天堂桥。

也许是天上飘着小雨，刮着冷冷地风，桥上人寥寥无几。

我徘徊在天堂桥上。

最后我坐在桥中人们常常从那纵身一跳的地方，桥下是波涛汹涌的江水。

一个白发老太太走了过来，她说，年轻人，回家吧。

我说，没事，我想在这里坐坐。

老太太说，我看你不像梦城人，从外地来的吧。

我说，你怎知道我是外地人？

第四辑 荒诞笔记

老太太说，我一眼就看出来了，说出来你不要多心。梦城是鱼米之乡，男男女女皮肤都很好，我看你皮肤又黑又干燥，一看就不是本地人。

我说，没关系，我长得又黑又丑，我外号就叫愁风月。

老太太说，老伴死后我一直很孤独和寂寞，好不容易找了一个人，我们聊聊天吧。

我说，好啊。

老太太说，你看见那石碑没？上面写满了自杀者的名字，我想每一个自杀者背后都有一个感人的故事。年轻人，讲讲你的故事吧。

我说，我没故事。

老太太说，你不想说没关系，入乡随俗，你知道梦城的自杀规矩吗？

我说，自杀还有规矩？

老太太说，是的，不是每个人想自杀就自杀，自杀前要写申请。

我一笑，自杀要写申请，你开国际玩笑吧。

老太太说，看来你真的不懂梦城的自杀规矩，梦城人都非常珍惜生命爱护生命，自杀前要给自杀委员会递交申请，要申述自杀的理由，如果理由充分，自杀委员会就会批准，最后你要交各种费用，如公证费，后事处理费等等。自杀委员会就会选定自杀日期，因为每天自杀者很多，就要错开，据说自杀者的日期都排得满满得。自杀这天很隆重，在公证人员的见证下，你要做最后的告别演讲，然后签名，你的签名将永远刻在这石碑上。做完这告别仪式后，自杀委员会的领导会敬你一杯酒，祝福你一路走好，在天堂幸福美满之类的话，然后激动人心的一刻就将来临，在倒记时三、二、一的呐喊声中，自杀者纵身一跃从天堂桥上跳下去……

我说，看来梦城真是一个文明的城市。

孤独的英雄

老太太说，是的，如果你不递交申请，随随便便就自杀，那将会被人耻笑。梦城人骂人最毒的一句话就是穷到自杀都杀不起了，有的人为了自杀，就要拼命赚钱，等赚到钱后好递交申请。我的邻居，老伴死后，儿女抛下他不管，他觉得活在世上没啥意思，就想自杀，他递交申请后，很快就批准了，但老人没钱他交不出自杀费用，自杀一事就拖了下来。为了自杀，他就捡破烂，赚了不少钱，后来他却不想自杀了。如今日子过得非常滋润。

我说，好死不如懒活。

老太太说，一个小时前，这里刚刚举行了一场自杀仪式，场面很壮观，还请了歌星来演唱，锣鼓队来表演，好多人都感慨，死得值。

我说，大千世界，无奇不有。

老太太说，其实每个人在年轻的时候不免要走些弯路，我年轻时失恋悲痛欲绝，几次都想自杀，后来我遇见了我的另一半，我找到了真爱。现在想想，当时我是多么的傻啊，好好生活才是硬道理。

我说，是啊，好好生活才是硬道理。

这时，桥头围满了人。

老太太说，你知道就好，啥事想开点就好了。

我突然明白过来，我说，你以为我要自杀？

老太太说，那你站在这里干吗？

我说，看风景啊。

老太太笑了笑，我相信你。你看现在多少人都在看着你，他们都在耻笑你，以为你没递叫申请，穷到偷偷摸摸自杀，男人要自杀，就要正大光明的去自杀。我劝你回去先去赚钱吧，等赚到钱然后去申请自杀吧。

我回头一看，桥头上围满了人，他们在对我指指点点。

我生气了，我大声说，谁要自杀？你们都给我滚。

第四辑　荒诞笔记

那群人并没有走，相反围得人更多了。

一个人说，想跳就跳，别让我们干等。

又一个人说，没出息的东西，穷到偷偷摸摸自杀，人活到这样连尊严都没有了，连猪狗都不如，不如死了算了。

我气愤了头，你们想看自杀的场面，我现在就给你们表演。

我朝前走了一步，人群顿时安静下来。

老太太突然冲了上来，抱住了我的腿，年轻人，别做傻事。

这时，突然出现两个警察，原来是老太太报的警。警察以违规自杀的理由刑拘了我。

半个月后我从警察局出来了。

出来后，我突发奇想，我要办一所自杀学校。

说干就干，我选好校址，然后在媒体打招生广告和招聘教师启事，对教师我特别强调的是学历不限，有自杀经历者优先录用，对有多次自杀经历者，年龄适当放宽。

我没想到的是，应聘者人山人海，经过挑选和考试，我录用的教师全都有自杀经历，甚至还有多次自杀经历。我对教师要求很严，而他们的工资和职称也是以自杀次数做为主要参考依据，自杀5次者才有资格凭中级职称，自杀10次者才有资格凭高级职称，相当于教授级别。

自杀学校在锣鼓声中开业了，不过从我学校毕业的学生，走出社会后都非常珍惜生命，不会去选择自杀了。

我的生源很好，财运自然滚滚，但自杀委员会那帮人却失业了，她们联名上访，有关部门以违规办学的理由查封了我的学校，我只好离开梦城，这一切都是后话了。（原载《百花园》）

孤独的英雄

爆炸之谜

老人患有严重的新闻综合症。老人整天见这些乌七八糟东西就很生气，这些气在他肚子里越集越多，最后超过了他身体承受的极限，然后就爆炸了。

病人挺着大肚子被送到医院时已奄奄一息。

病人是位老人。

医生说，"快送妇产科。"

病人家属说，"有没有搞错，这是男的。"

医生说，"快送抢救室。"

病人送到抢救室，经过抢救，脱离了生命危险。

家属说，"大夫，我爸的肚子比孕妇还大，是不是他怀孕了？"

医生说，"男人怎么会怀孕呢。等我们给他做过全身检查再说。"

医生给老人做了全身检查，没发现什么大问题，硕大的肚子里也没发现什么异常。经过专家会诊，也不知道老人的大肚子病症在那里。

专家就跟老人聊天，想则面了解一下老人情况，专家问，"你平常在家吃什么？"

老人说，"吃低保啊。"

专家说，"我不是这意思，我是说吃什么。"

老人说，"吃得都是没有油水的萝卜白菜。"

专家说，"你最恨什么呢？"

老人说，"我最恨贪官。"

专家说，"听说你参加过抗日，解放战争，抗美援朝，邱少云都是你的战友？"

老人说，"是啊，你看我身上的伤疤，这是跟日本鬼子拼刺刀留下的，这是美国人留下的枪伤……"

专家跟老人聊完天，随手丢下一份报就走了。

第二天，医生听见嘭的一声，老人被炸的血肉模糊。

人们首先想到的是恐怖袭击，有人搞破坏，因为前些日子昆明火车站刚发生了恐怖袭击。警察很快赶来了，封锁了现场。

警察经过现场勘查，没有发现蛛丝马迹，警察不解地是明明是爆炸，但却没有发现炸药、雷管、导火索之类的残留或痕迹。

省上的爆破专家和刑侦专家也赶来了，也没发现他杀的蛛丝马迹。案件陷入了僵局，是他杀，还是自杀？

病人家属却不这让认为，他们认定是他杀，要医院给个交代，要警察给个交代。

媒体记者蜂拥而来，不停报道该事件。

同病房的几个人一一被排除，警察感觉到了压力，开出了只要提供有价值的线索，奖励 10 万。

一位富有经年的老警察找到了老人的小儿子，老警察问："你父亲平常身体如何？"

"很好啊，也很少生病。"

老警察问，"你父亲平常在家吃什么？"

"吃低保啊。"

专家说，"我不是这意思，我是说吃什么？"

"我媳妇不让老人跟我们过，我也是没办法啊。老人吃得都是没有油水的萝卜白菜。"

孤独的英雄

老警察说，"听说你父亲参加过抗日，解放战争，抗美援朝？"

老人说，"是啊，如今他靠吃低保和捡破烂为生，"

老警察问："你父亲最恨什么呢？"

"他最恨贪官。每次一提到贪官就生气，一生气肚子就发胀。"

老警察谈完话，立即回到警局，把案发现场老人留下的报纸和笔记本找来翻看。

笔记本这样记着（全是报纸上刊登的真实标题）：

裸官报告：金融业成重灾区，59人涉案数十亿元。抓外逃贪官，我国6年追回赃款540亿；

5年来30余名省部以上官员获刑，近半为死缓；

交通部挪用1.86亿科研经费发工资补贴；

江西副省长姚木根被曝有数千万存款十余套房产；

中纪委3周连曝545起案件，31省份仅宁夏幸免；

各地高校腐败案频发，腐败逼停人大自主招生；

公安部副部长李东生被免职，广州副市长曹鉴燎被免；

近期落马官员盘点：小官大贪，多人涉情妇和房产；

湖南受贿官员分配贿金，大钱给情人小钱归老婆；

浙江义乌官员私驾公车撞人后拒道歉赔偿；

某某原书记被称"徐三多"：钱多房多女人多；

梦城3名涉嫌贪污官员被羁押工资照发引质疑；

北京奢侈办婚宴村官被曝身家过亿，有两套经适房；

北京女子头卡护栏20分钟无人救续：已确诊脑死亡；

山西检察官举报干部竞聘造假3年无果，辞官种田；

人大代表：现在村干部随身带公章，不给钱不给盖；

能源局副司长家中被搜出上亿现金，烧坏4台点钞机；

……

第四辑　荒诞笔记

最后老警察有翻开报纸，头版：某某市某区委书记雷政富不雅视频曝光，某某省农业厅原副厅长单增德，某某省公安厅原副厅长李亚力等等，这些十八大后落马的厅官也缘起网络曝光。二版，某地国家级贫困县花13亿修豪华办公楼，几里之外的学校破破烂烂，学生上课没课桌。三版，某省平度村民守地住帐篷被烧死，警方凌晨抢尸……老警察越看越生气，忍下报纸开始骂娘。

老警察抽完一根烟，突然豁然开朗，他喊道："我找到凶手了。"

旁边的人问："凶手是谁？"

老警察说，"老人他自己，他患有严重的新闻综合症。老人整天见这些乌七八糟东西就很生气，这些气在他肚子里越集越多，最后超过了他身体承受的极限，然后就爆炸了。"

人们不信。

法医重新鉴定，得出的结论：老人因气流挤压，造成肚子爆炸，排除他杀，老人是被气死的。（原载《小说月刊》）

狼心狗肺

这时一个医生提出用狼心和狗肺代替人的心和肺，狼心和狗肺很快就找到了，立马投于手术，手术很成功。

金部长最近一段时间感到身体不舒服，他有种力不从心的感觉，他到医院一检查，医生说是心和肺都变黑了，最好的办法就是换心脏和肺。

金部长一下瘫倒在地，年轻漂亮的女秘书连忙把金部长扶在椅子上说，"有啥了不起的，不就是换心和肺吗？"

175

孤独的英雄

金部长一听，脸上出笑脸说，"不就是换心和肺吗，钱我有的是。"

女秘书就问医生，"做这种手术，大慨得多少钱？"

医生说，"大慨得100多万，关键是现在没有心和肺可换，要得等机会。"

女秘书说，"你们医院一遇到合适的心和肺立即通知我们，钱你放心！"

金部长回去后立即召开了一个亲信秘密会议，会议代号为"黑豹1号"，就是要在最短的时间内找到鲜活的心和肺，至于是为了干什么用，取了女秘书外没有第二个人知道。于是公安系统、卫生系统等部门开始了一场轰轰烈烈的寻找心和肺的大行动，并且还把这一活动和年终奖、评先进等挂钩，谁也不敢怠慢。

很快寻找到了心和肺，死者是位农民，因强奸被判死刑的。本来对那位农民要执行枪毙的，但为了得到心和肺就临时改变实行安乐死，在安乐死之前先给死者麻醉，先掏出心和肺在执行安乐死。医院很快通知了金部长，一检查，无论血性、心和肺都附合要求，立马给金部长做手术。手术是在保密下做的，手术很成功。

一个月后，金部长出院了。

不久，金部长又感到浑身不舒服，他到医院一复查，医生说，"啥都正常，手术很成功，没有一丝问题。"金部长，"但我老感到心里像卡了个什么，憋得很难受。"医生说，"你是位高官，换了一颗农民的心，刚开始不适应，慢慢就好了。"

一年过去了，金部长还是感到心里像卡了什么难受，他到医院一检查，又查不出什么，但金部长强烈要求重新做手术。

很快又寻找到了心和肺，死者是位下岗工人，他下岗后四处告厂长贪污，结果被人打死了。那工人的心和肺非常理想，非常健康。于是立马又给金部长做手术，这次手术也非常成功。

第四辑　荒诞笔记

一个月后，金部长出院了。

不久，金部长又感到浑身不舒服，他到医院一复查，啥都正常。金部长说，"我还是感到心里好像卡了个什么，憋得难受。"医生说，"你是位高官，换了一颗工人的心，刚开始不适应，慢慢就好了。"金部长一想，也有一定道理。

又是一年过去了，金部长还是感到心里难受，到医院一检查，又查不出什么，但金部长执意要做手术。

很快又寻找到了一位教授的心和肺，立马又给金部长做手术，这次手术非常成功。

一个月后，金部长又出院了。

不久，金部长又感到浑身不舒服，他到医院一复查，啥都正常。金部长说，"我还是感到心里憋得难受，比上次还难受。"医生说，"你是位高官，换了一颗知识分子的心，知识分子最看不管就是官场上的事，慢慢的，它就适应了。"

几个月后，金部长感到心里难受，特别是心有种朝出跳的感觉，他每次都用手按住，生怕心跳了出来。金部长强烈要求重新做手术。

这次心和肺很难寻找，一年过去了都没找到。金部长心里憋得快疯了，他下了最后通牒，他一个月内必须重做手术，如果一个月内不给他做手术，他就要把院长撤职，医生开除。

眼看一个月期限快到了，金部长已住进了医院，等待着做手术。这个月后最后一天，医生决定豁出去了，因为今天不给金部长做手术，他们就要被开除，他们硬着头皮给金部长打了麻醉针，然后把他推进了手术室，医生们急得团团转，没有合适的心和肺。这时一个医生提出用狼心和狗肺代替人的心和肺，狼心和狗肺很快就找到了，立马投于手术，手术很成功。

医生们在忐忑不安中度过了一个月，金部长出院了。

孤独的英雄

金部长出院后,再也没有那种心胀和心痛的感觉,相反的是精神状态比以前好多了。金部长特意让秘书给医院送了一面锦旗,上面写着几个烫金的大字,"神医在世,妙手回春。"

(原载《百姓故事》、《喜剧世界》等)

魔 衣

穿上那套魔衣后,凤时春朝街上一站多神气,人们对他笑脸相迎,纷纷把他朝酒店里拖,吃毕还把好酒好烟好红包朝他包里塞。

转眼之间,凤时春做梦都没想到的事情突然发生了。

凤时春脱下魔衣离开办公室去卫生间,他在卫生间抽完两根烟后回到自己的办公室时,他看到一个陌生人穿着他的衣服坐在了他的位子上,凤时春说,"你是谁?"

那人冷冷看了凤时春一眼,要理不理地说,"你又是谁?"

凤时春说,"你坐的那个位子是我的,你穿的魔衣也是我的,你知道我是谁了吧?你快点滚开,趁我现在还没生气。"

那人一动不动得意洋洋地说,"现在滚开的不是我,而是你!以前那套魔衣、那个位子是你的,但现在已是我的,不信你问领导去。"

凤时春敲开了领导办公室的门。坐在领导位子上的人怎么不是原先的那个领导,凤时春以为走错了门,退到门口又看了看门牌号,确信没走错后,才颤颤来到领导面前,凤时春看了看领导那身魔衣,那衣服充满霸气和寒气,他再看了看领导那张脸,差点叫了起来,那人不就是靠造假货发财的暴发户小镇西么?以前小镇西见了凤时春就像老鼠见了猫,求爷爷告奶奶请他手下留情,放他一马,少罚点款，当然项关暗地里也收了他不少红包。

凤时春说，"怎么是你啊！"

小镇西板着脸说，"我就不能当领导吗？"

凤时春连忙赔上笑脸，"我不是这个意思，恭喜你高升！"

小镇西冷着脸说，"你找我又啥事？"

凤时春一脸的媚笑，"我的魔衣被人穿走了，位子也被人占了，你可要给我做主！……"

小镇西说，"我知道了，你先回家休息一段时间，啥时上班等候通知。我可忙着，我还要到厅里开会。"

凤时春失魂落魄的走出单位大门，从明天开始他就不用来上班了，也不用穿那套魔衣了。凤时春轻手轻脚推开家门，老婆一声大吼，"你是谁？你找谁？"

凤时春笑着说，"我是你老公，怎么你认不出来了我？"

老婆看了半天后说，"你的那套魔衣呢？你不穿那套魔衣，我真有点认不出来你。"

凤时春哭丧着脸说，"遭小人暗算，我的魔衣被人抢去了。"

老婆对凤时春一顿臭骂，"你没了那套魔衣，今后你吃啥，喝西北风去吧，嫁给你我真是倒了八辈子的霉，你给我滚。"

凤时春被老婆赶出了家门，走在梦城大街上，人们冷眼望着他，还偷偷笑。以前凤时春穿着那套魔衣多神气，朝街上一站，人们对他笑脸相迎，纷纷把他朝酒店里拖，还把好酒好烟朝他包里塞，如今没了那套魔衣，转眼间，人们似乎不认识他了。

凤时春肚子饿了，摸了摸口袋，口袋里没有一分钱，以前他吃饭从来不带钱，他整天泡在公款或被人宴请的酒席中。凤时春来到一家他经常去的双双燕酒店，酒店的老板他很熟，他点了几个菜吃了起来，吃完后他喊老板过来签单。老板一本正经地说，"给现钱，

孤独的英雄

一共是300元。"凤时春笑着说,"先记着。"老板说"不行,给现钱,再说你现在已不穿那身衣服了,你签字已不起作用了。"凤时春生气地说,"以前我够照顾你的,每次你酒店出事都是我给你想办法,给你去求情,怎么你没有一点良心?"老板冷笑着说,"现在是经济社会,良心值几个钱?"凤时春气呼呼掏出手机说,"这是别人送我的1万多元进口手机,我把它抵押在这总行了吧。"

凤时春走出酒店万念俱灰,他来到了山中一座古庙。

凤时春把自己的痛苦和烦恼讲给了一位老道士,道士说,"你想夺回你的那套魔衣吗?"凤时春说,"当然想,做梦都想。"道士说,"我给你一粒仙丹,你吃后半年内好梦将成真,但后果是你的脸可能要变成阴阳脸,你的心和肺可能要变成狼心狗肺……"凤时春说,"为了夺回我的那套魔衣,我什么都愿意。"

凤时春把道士给他的仙丹一口吞进肚子后,浑身奇痒无比,身上开始长毛,脸也开始变长变尖,最后凤时春身后还长出一条尾巴。

凤时春推开了领导家的门,他见了领导不停的摇尾巴和点头哈腰,领导开心地笑了。

凤时春得到了领导赏识和重用,他又回到了他原先的那个位子,穿上了原先那套魔衣。

穿上那套魔衣后,凤时春朝街上一站多神气,人们对他笑脸相迎,纷纷把他朝酒店里拖,吃毕还把好酒好烟好红包朝他包里塞。

"妈妈,你看那人长得多么像哈巴狗!"

"小孩子不要胡说,管他是人也好,狗也好,我们只认那身魔衣。"

凤时春听了母子俩的谈话,仰天大笑起来,吓的母子俩转身就跑。

一次酒后,凤时春在大街上抱着别人的衣服不停的亲吻,"我的衣服,我爱你!永远爱你!"原来凤时春因贪污案发,那套魔衣不能再穿了，他精神突然就失常了。人们围了过来，纷纷向他投去鄙视的目光。

紧急行动

德国名猫躺在医院里打着吊针，享受着一级护理。每天来医院看它的人很多，各个部门都有……他们送的各种礼品堆成山，病房里堆不下，市长夫人就把礼品拿到市场换成了现金。

市长夫人牵着她的德国名猫在街上溜达时，突然一辆小车朝她冲了过来，市长夫人本能的一闪，躲过一劫，但他的猫却被撞伤了。市长夫人抱起猫哭了起来，"我的猫啊……"他抬起头时，那辆无牌车转眼就跑了。

市长夫人抱着流血的猫哭得更厉害了，这只猫是高阳台特地从德国买的送她的，据说花了上百万。这只猫每天陪着市长夫人，它很懂人性，市长夫人已把这只猫融进了她的生命，可以说市长夫人不能没有这只猫了。

市长夫人越哭越伤心，这时梦城教育局办公室主任章台柳刚好路过，他说，"别哭了，赶快送医院。"章台柳伸手拦了一辆出租车，他陪市长夫人去宠物医院。

宠物医院的院长跟章台柳是哥们，他见章台柳来了不敢怠慢，立即化验血型抢救。过了一会儿，他对市长夫人说，"对不起，医院没有这你猫这种血型。"

市长夫人说，"只要你把它救活，花多少钱我都愿意，我还会加倍奖赏你的。"

孤独的英雄

章台柳对市长夫人说,"要不,你给金市长打个电话,也许他会有办法的。"

市长夫人就给市长金明池打电话,一会儿金明池来了。

市长夫人见了金明池,扑在他怀里哭了起来,"你一定要想办法,救活它!"

金明池笑着说,"你放心,我给公安局的江城子局长已打了电话,他说他发动所有的干警,以抓狂猫为由,在全市开展了一场打狂猫大搜捕。"

一会儿,医院门口停满了警车,干警纷纷抱着猫赶了过来。

院长对这些被抓的几十只猫一一抽血化验,结果血型都不符合,他面露难色的说,"找不到这种血型,我就是天大的本事也救不活它。"

金明池对江城子说,"江局长,再去抓些来。"

江城子点头哈腰地说,"好,我立马亲自去抓。"

一会儿,江城子他们又抓了十几只。结果一化验,血型还是不符合。

市长夫人呜呜哭了起来,金明池也急得团团转。

这时,章台柳抱着一只白猫汗流浃背的跑了过来,他说,"这是我儿子的猫,他不同意,我硬是从他手上抢了过来。只要有一丝希望,我们都不要放过……"

院长接过猫,抽了一点血就开始化验。

院长高兴的大叫起来,"终于找到了,终于找到了。"

市长夫人停止了哭泣,感激地望了章台柳一眼。

经过抽血输血,白猫的血流进了德国名猫的身体。德国名猫抢救了过来,但白猫因抽血过多,躺在病床上奄奄一息。

第二天,白猫死了。章台柳抱着他偷偷埋了。

德国名猫躺在医院里打着吊针,享受着一级护理。每天来医院

第四辑 荒诞笔记

看它的人很多，各个部门都有……他们送的各种礼品堆成山，病房里堆不下，市长夫人就把礼品拿到市场换成了现金。

德国名猫可以下床活动了，市长夫人终于松了一口气。

接着医院又请了几位专家来会诊，经过讨论分析，得出结论：一切正常，可以出院。

出院的第一件事，市长夫人抱着德国名猫来到了章台柳家，她摸着猫的头说，"要不是你，我这只猫早就……"

章台柳嘿嘿一笑，"举手之劳，应该的应该的。"

市长夫人掏出一叠钱说，"这是我对你猫的赔偿，请收下吧！"

章台柳连连摆摆手说，"我怎能要你的钱？"

市长夫人见章台柳不要也就不在勉强。

后来，章台柳又去市长夫人家看了几次德国名猫，一来二去，章台柳跟市长也熟了。

一年后，章台柳当上了市教育局的局长。

章台柳当上了局长后，在市里最高档的酒店宴请公安局的江城子和宠物医院的院长。他们喝的醉醺醺得，章台柳端起酒杯说，"哥们，我再敬你们一人三杯！要不是你们帮兄弟的忙，我这一辈子恐怕都当不上局长。"

院长嘿嘿一笑，"你要感谢江局长给你的策划，他策划小车撞猫事件，策划的好，所以你先敬马哥！"

江城子嘿嘿一笑，"你要感谢院长，感谢他提供了市长夫人猫的血型，感谢院长的导演……他才是最大的功臣，所以先敬他。"

章台柳也嘿嘿一笑，"你们都是功臣，要不，我同时敬你们两位！我先干而敬！"说罢端起酒杯一口一杯，几杯酒下肚后，章台柳缩在桌子底下去了，嘴里还不停地说，"我请你们洗桑拿，小姐很正点。"

"就你这样子还要洗桑拿，洗个屁。"江城子和院长夹着章台

孤独的英雄

柳家东倒西歪朝酒店外走，刚一出门，三人倒在一棵树旁，他们慢慢爬起来指着树一口同声地说，"你他妈的快滚开，竟敢拦老子的路，活腻了……"章台柳和院长见树还不闪开，就对着江城子说，"把手铐拿出来，把他铐起来打一顿。"江城子就在身上摸手铐，摸了半天，一个趔趄倒在地上。章台柳和院长更来气了，指着树大骂起来，"你他妈竟敢打人，你知道他是谁么？他是市公安局的局长大人！"章台柳和院长就去打树，结果树没打着，两人倒在马路上。

这时，突然冲过来一辆车，从章台柳和院长身上辗过……

第五辑　世相百态

芸芸众生，大千世界，一些出人意料的世相趣事、怪事、平淡事不平淡的结局。内容不仅仅是好玩，于嬉笑间一览无余。文章幽默有趣，具有讽刺性或批判性，起到警世作用。

蓝宝石戒指

大款每月给它2万零花钱，女孩开着车经常去兜风，去美容去酒吧，女孩就经常露出手上硕大的戒指，引来人们羡慕的目光。

女孩初中毕业后去梦城打工。

刚开始，女孩在双双燕酒店里当服务员，女孩长得漂亮，人有聪明，深受大家喜欢。

一个阔太太经常来酒店吃饭，她注意到了女孩，她说，"你愿不愿意到我家当保姆，管吃管住，每月1500元。"

女孩心动了，她在酒店累死累活，每月才800元。女孩说，"真的吗？"

孤独的英雄

阔太太说，"当然是真的，现在就可以跟我走。"

阔太太开着车，领着女孩来到一栋花园式别墅，这栋别墅共三层，屋里装修豪华，女孩看的眼花缭乱，"你的房子好漂亮啊！"

阔太太笑了笑，"你每天的任务就是帮我打扫一下房间，偶尔做点饭。"

女孩不解的问，"偶尔做点饭，不是天天都要做饭吗？"

阔太太说，"我常在外边吃，想吃啥就吃啥。"

阔太太经常不在家，要么就是开着车去兜风，要么就去美容或健身房，女孩每天把房间收拾完毕就坐在阳台发呆，她好羡慕女主人，人家过得才潇洒啊，这才叫生活。

女孩来阔太太家一个多月了，她奇怪的是一直没见男主人，她想问，几次都忍住了，阔太太交代过，不该问的就别问。

初春的阳光洒满院子，阔太太躺在阳台的躺椅上晒太阳。女孩冲上一杯咖啡端了过去，这时阳光照在阔太太手上的戒指上，璀璨夺目，女孩说，"你的戒指好漂亮。"

阔太太说，"你知道这戒指价值多少钱吗？"

女孩摇了摇头，"挺贵的吧。"

阔太太说，"100多万。"

女孩大吃一惊，"100多万？"

阔太太说，"是的，100多万。"

女孩眼里充满羡慕，因激动说话就有点结巴，"妈啊,咋这么贵啊，怪不得这么漂亮！"

阔太太叹了一口气，"它在漂亮，在我眼里它不过是一块普通的石头而已……"

这么价值连城的东西在女主人眼里怎么就是一快普通的石头而已，女孩想问，忍住了。

第五辑　世相百态

一天，男主人终于回来了，男主人见了女孩眼光都直了，他色眯眯的说，"想不想到国外逛逛，我带你去欧洲开开眼界。"

女孩低着头不语。

男主人就去摸女孩的脸，女孩闪在一边，她怕女主人看见。

这一切都躲不过女主人的眼睛，她找了一个借口辞退了女孩。

这次，女孩没去酒店当服务员，她去了夜总会，女孩想赚钱，女孩想戴蓝宝石戒指。

一个大款走进了她的视野，大款出手大方，送给了女孩一枚价值100万的蓝宝石戒指，女孩戴着戒指非常高兴，女孩就把什么都给了大款。

大款把女孩包了。

大款领着女孩来到他的别墅，他给女孩买了一辆红色跑车。女孩也不知道大款在忙啥生意，反正十天半月不回家，女孩也不问。大款每月给它2万零花钱，女孩开着车经常去兜风，去美容去酒吧，女孩就经常露出手上硕大的戒指，引来人们羡慕的目光。

大款常不在家，女孩越来越懒散了，家里的卫生也懒得打扫，她就想找一个保姆。女孩在常去的酒吧注意到一个漂亮的女服务员，小女孩才18岁，她说，"你愿不愿到我家当保姆，管吃管住，没月1500元。"

小女孩说，"真的么？阔太太！"

"当然是真的，现在就可以跟我走。"

女孩领着小女孩来到她的别墅，小女孩看得眼花缭乱，"你的房子好漂亮啊！"

女孩笑了笑，"你每天的任务就是帮我打扫一下房间，偶尔做点饭。"

小女孩不解的问，"偶尔做点饭，不是天天都要做饭吗？"

女孩说，"我常在外边吃，想吃啥就吃啥。你以后就叫我女主人吧。"

女孩经常不在家，要么就是开着车去兜风，要么就去美容或健身房，小女孩每天把房间收拾完毕就坐在阳台发呆，她好羡慕女主人，人家过得才潇洒啊，这才叫生活。

小女孩来女主人家一个多月了，她奇怪的是一直没见男主人，她想问，几次都忍住了，女主人交代过，不该问的就别问。

初春的阳光洒满院子，女主人躺在阳台的躺椅上晒太阳。小女孩冲上一杯咖啡端了过去，这时阳光照在女主人手上的戒指上，璀璨夺目，小女孩说，"你的戒指好漂亮。"

女主人说，"你知道这戒指价值多少钱吗？"

小女孩摇了摇头，"挺贵的吧。"

女主人说，"100多万。"

小女孩大吃一惊，"100多万？"

女主人说，"是的，100多万。"

小女孩眼里充满羡慕，因激动说话就有点结巴，"妈啊，咋这么贵啊，怪不得这么漂亮！"

女主人叹了一口气，"它在漂亮，在我眼里它不过是一块普通的石头而已……"

女主人眼里突然涌满了泪水。

红尘有爱

婚后她过得并不幸福，虽然物质上很满足，但精神上她却很空虚，她有时觉得自己不过是老公的一只金丝鸟。

第五辑　世相百态

白雪词的老公高阳台是个大老板,在梦城是个呼风唤雨的人物,姐妹们都非常羡慕她。羡慕白雪词住的是别墅,出入有自己的高档小车,穿的是进口名牌……在物质上白雪词确实很满足,她想要什么就能得到什么,但在精神上她很孤独、寂寞,内心里总有一丝抹不去的忧愁。

结婚三周年的纪念日,白雪词做好了饭菜等丈夫高阳台回来。随着夜幕的降临,她开始给丈夫打手机,但手机总是关机,她就坐在电话旁等老公的电话,等了一夜,也没等来老公的电话,她已记不清是多少次了老公夜不归家。她想起姐妹们私下曾对她开玩笑说有钱的男人经不住漂亮女人的诱惑,你要看紧他啊。如今的臭男人仗着有几个臭钱在外包二奶、三奶她也曾听说过,此处一想她心里就非常担忧起老公来,老公忙,忙的不至于连家都不回吧。

第二天,白雪词来到一家私家侦探所,高薪请人跟踪她老公一天到底在忙啥。

半个月后,一叠厚厚的照片摆在了她的面前,照片上的老公搂抱着一位比她更年轻更漂亮的小姐,林雪如当头一棒,什么都明白了。

白雪词在床上躺了三天,她决定要报复老公高阳台,她要让老公戴绿帽子,你在外面乱搞,我也要在外面找男人。白雪词躺在床上辗转反侧,静静的深夜里,她想起她的美好的初恋。那个男孩叫古阳关,长得很帅,当时爱情在他们的内心里是多么的美好,他们的眼里只有爱情,眼里只有蓝天、白云,没有一丝物质的东西,一切都是爱情至上。他们经常去爬山、采野花、捕蝴蝶……他们尽情的品尝着爱情的甘露,内心里充满着斑斓的梦,同时认定了对方就是自己的一切。但随着另一个女孩的出现,这美好的梦很快就被击碎了。那天,他们本来约好了去山上采枫叶,当时白雪词看离约定

孤独的英雄

的时间还早，她就独自去街上买衣服，没想到她看到了古阳关手挽着一个白衣少女从她面前走过，白雪词呆呆地站在里，泪水扑了出来。心中所有美好的梦瞬间瓦解。

白雪词回家后躺在床上哭了三天，她已不相信爱情，不相信世上还有真爱，于是她离开了这座令她伤心的小县城。

经过这一次心灵打击后，白雪词一下看透了爱情，对爱情她已是无所谓了，开始疯狂的交男朋友，男朋友换了一个又一个。后来，她认识了现在的老公高阳台，老公很有钱，她毫不犹豫的嫁了过去。其实，婚后她过得并不幸福，虽然物质上很满足，但精神上她却很空虚，她有时觉得自己不过是老公的一只金丝鸟。每一次独守空房，深夜醒来，白雪词的脑海里就浮现出古阳关，古阳关毕竟是她的初恋，谈恋爱时他们也曾拥抱、接吻、抚摸，但每次古阳关想攻破她最后一道防线时，白雪词就抓住他的手说，等我们结婚时我会完整的给你。没等到结婚，白雪词就悄悄地消失了。如今她又想起古阳关，她想去小县城找古阳关，一来重温旧梦，二来是想把自己交付给古阳关，借此来报复老公高阳台。

老公去美国的第二天，白雪词也离开了梦城，她回到了阔别多年的小县城，小县城还是以前的模样，每条街道上都曾有她和古阳关手挽手时留下的足迹，往事一下子又重现在她的眼前，她突然有种想哭的感觉。

站在北门上，她突然听到了擦鞋的声音，这时她才注意到刚才坐车时鞋子被人踩了几脚。白雪词走了过去，坐在凳子上，她把脚伸了过去，那男子抬起头来，白雪词感到他很面熟，那男子立即低下头只顾擦鞋。那男子虽然戴着眼镜，胡子很长，显得很苍老，旁边还放着一副拐杖，但白雪词还是认出了那男子就是古阳关。原先的古阳关是个白面书生，如今怎么变得如此苍老，随着白雪词叫了一声，那男子仿佛受了惊吓，鞋刷掉在地上。白雪词又叫了一声古阳关，那男子低下头只顾打油毫无反应。白雪词大声又叫了一声，那男子拄着拐杖落荒而逃。

林雪追了上去，拦在那男子面前说，你不要逃了，我知道你就是古阳关。

那男子说，你认错人了，我不是古阳关。

白雪词带着哭腔说，你就是古阳关。

那男子说，我以前叫古阳关，但现在已不是当年的那个古阳关了。

白雪词说，告诉我，你的腿怎么了？

古阳关叹了一口气说，当年你不告而别，我四处找你，我的足迹遍布大半个中国，每天我精神都恍恍惚惚，一天，我在梦城突然发现公路对面有一个女孩子长得好像你，我就横穿公路闯了过去，没想到我撞到一辆小车……

白雪词忍着泪水说，你现在好么？你结婚了吗？

古阳关叹了一口气说，我虽然没结婚，但我现在过得很好。

白雪词说，当年你的那位白衣少女呢？

古阳关莫名其妙的说，哪位白衣少女？

白雪词说，就是几年前，我们打算最后一次约会的那天。

古阳关回忆了半天，才说，你误会了，那白衣少女是我的妹妹，是我大伯的女儿。对不起，我现在有事，我先走了。

白雪词抓住古阳关的手几乎是哭着说，明天我在北门上的思念酒家等你，我很想和你好好谈谈。

古阳关怔了半天，然后点了点头。

白雪词望着一拐一拐远去的古阳关，泪水流了出来。

第二天，古阳关没来。白雪词又等了几天，古阳关还是没来。白雪词就在街头逛，好希望能找到古阳关，结果她很失望。她就去

孤独的英雄

古阳关的家，古阳关的家大门紧闭，她就问邻居，邻居告诉她说古阳关已走了，不知到哪去了，他走时留下了一封信。白雪词打开信，信很短，"白，我走了，我将流浪到一个很远很远的地方去，流浪到一个陌生的地方，躲在一个你找不到的地方了却残生，但我会想你的，我会把我对你的爱深埋在心底，直到永远。只要你过得比我好，我就满足了。永远爱你的人，关。"

白雪词捧着信，泪水一滴一滴落在了洁白的信纸上……

野 人

寻找野人，却被人们当成野人抓了起来——

叶飞对野人这两个字生浓厚的兴趣，缘于他拜读了《汉阴县志》，县志上对野人做详细的记载，并列举了不少人的证言、证词。

叶飞15岁那年，父亲上山打猎，没想到他遇到了一个长发披肩，腰围树皮的怪物，叶飞的父亲意识到这是人们传说中的野人，他朝野人开了枪，鲜血顺着野人的胳膊流了出来，野人睁着血红的眼睛扑向了他，两人在悬崖边上搏斗了起来，叶飞父亲的脸被抓破，一不小心掉进了悬崖。

叶飞知道父亲遇害的消息后，心里非常气愤，并发誓要为父亲复仇。年轻气盛的他便手握长刀，在凤凰山里寻找野人的踪迹，结果他一无所获。

不久，叶飞考上了重点中学。三年后他考上了大学，大学毕业后他又考上了研究生，专门研究人类学。

转眼间，叶飞到了成家的年龄，一位朋友的牵线，那女孩说不上好，也说不上坏，反正婚姻就那么一回事，经过几次的接触，他们便走进了婚姻的殿堂。结婚的那天，叶飞抛下新娘钻进了试验室，还是亲娘把他拖回洞房的。

不久，单位分房，僧多粥少。妻子说，你看人家都已四处活动了，你却整天耗在试验室，不跑不送，房子不会白白到手的。叶飞说，那就慢慢等吧。妻子说那要等到猴年马月，我可等不住。她扔下这句话后匆匆就出门了。

一个月后，叶飞分到了房，这一切都归功于他的妻子外交能力。

叶飞没想到的是他结婚刚5个月，妻子就给他添了一个胖小子。叶飞押出指头一算，大吃一惊，他和妻子的第一次是从新婚之夜开始的，算来算去还差几个月，这说明这儿子不是他的。一种羞辱之感涌上他的心头，妻子分娩的那天，他独自一个人坐在山头抽了两包烟。

第二天，叶飞就加入了"国家不明生物考察队"。走时，他没跟妻子打一声招呼。为了忘却心中的不快，叶飞就把全部的精力投到到考察中，每天他都要认认真真的做笔记。

一年后，考察队也没考察出什么结果。国家不想在这缈茫的项目上发费更多的财力和精力，就解散了考察队。但叶飞却固执的留了下来，他不想回家。

叶飞在荒无人烟的地方搭起了木房，每天他就面对着花草树木以及各种动物。这些动物刚开始对他充满了戒备，后来见他没敌意，便慢慢地成了"朋友"。

叶飞每天都要翻山越岭寻找野人的足迹，结果连野人的影子都没见上，有时他就开始怀疑这世上到底有没有野人，每当他想到这个问题时，就躺在草地上翻开《汉阴县志》，上面对野人的记载很详细，他的信心就像瘪了的气球又一次被吹了起来。

孤独的英雄

转眼间，四年过去了，在这四年里他没理过发，没理过胡子，穿的衣服还是几年前进山时穿的衣服，如今已是破烂不堪了。在这四年里，除了他自己他从没跟外人说过话，何况他也没见过外人。他有点怀疑自己会不会说"人话"了。

经过几年的考察，结果没考察出什么，他感到累了，他对野人失去了信心，他决定下山。

叶飞下山的那天，山上的动物对他依依不舍，直到叶飞走出了好远，那群动物还在嗷嗷叫着，仿佛是在伤心的痛哭。

叶飞终于下山了，他来到山脚下的汉阴城，街上的人们都用怪怪的目光盯着他，一见他走来都纷纷躲避。他直直走到包子店门口，掏出一张拾元人民币递了过去，女老板吓得浑身颤抖不敢接，包子的诱惑使他口水滴了出来，他抻出双手抓住包子，狼吞虎咽的吃了起来……

有人报了警，说野人山了。警察迅速赶了过来，挥着警棒大喊大叫朝叶飞奔来。叶飞见他们不怀好意，撒腿就跑，警察便跟着追。有人喊，抓野人。街上的人便加入追野人的队伍中，一会儿追的人便成了一条人流，队伍并且不断的在壮大。叶飞见无路可逃，就朝山上跑去，追的人依然紧追不舍。叶飞被逼上了山头，他已无路可逃了，他跪下来说，我不是野人，我是专门研究野人的专家。他几年都没说话，没想到真要说一句话时他已感到很吃力了，并且吞吞吐吐。人们并没听清他的话，而是纷纷举起手中的家伙朝叶飞砸去……

不久，《汉阴县志》又载，"X年X月，野人终于下山了，几千人亲眼目睹了野人并捉住了它。野人身高1.9米，面部比现代人稍短而嘴巴特别前伸，前额比现代人低平，而向后倾斜。经专家解剖，野人脑壳大约比现代人厚一倍，脑模上语言区部位隆起，表明他已经有了语言……"

（原载《当代小说》，《天池》等转载，获第二届中国微型小说年度奖）

杀死你狗日的

如今梁州令将不再是村长，武陵春突然浑身是胆，他把磨好的刀朝腰上一别，大喝了几口酒就朝村长家里奔去。

武陵春想杀死梁州令，这个念头在他的脑子里蓄存了快一年了。

武陵春一直犹豫着是因为人家毕竟是一村之长，他几次想下手时握刀的手就颤抖不已，只好作罢。如今他听说，梁州令以后再也不当村长了时，他就开始嚯嚯磨刀，他一边磨一边说，"杀死你狗日的，谁让你睡我老婆。"

去年的那耻辱一幕又在武陵春的眼前出现，那天他中午口渴回家找水喝，他轻轻推开门时看见了梁州令爬在他老婆的身上正在哼哧哼哧的，武陵春咬紧牙齿握紧锄头，恨不得一锄头把梁州令打死。梁州令见了武陵春一边继续运动着说，"你回来了。"语气中充满着霸道和寒气。村里漂亮的小媳妇大都被梁州令睡了，山高皇帝远，村长一手遮天，人们对梁州令敢怒而不敢言。武陵春把扬起的锄头放在肩上，说，"你们忙，我去坡上锄草。"从那以后，仇恨的种子就深埋在武陵春的心头，他一直在寻找机会。如今梁州令将不再是村长，武陵春突然浑身是胆，他把磨好的刀朝腰上一别，大喝了几口酒就朝村长家里奔去。

村长住在梦城的豪华地段的锦园春小区的一栋别墅里，梁州令

孤独的英雄

没在，梁州令年轻漂亮的老婆在，武陵春目光盯在她丰满的胸部上，邪念在瞬间产生，反正梁州令将不再是村长，狗日的你睡了我老婆，我也要睡你的老婆。武陵春拔出腰间的刀指着梁州令的老婆说，"快脱衣服，你要喊叫我就杀了你。"他抱起梁州令的老婆朝床上扔，完事后，梁州令的老婆说，"你真棒，你以后可要长来。你知道吗，梁州令已好长时间都没碰我了，家花没有野花香！"武陵春打了她一巴掌，"骚货。"

扯平了，武陵春心想。离开梁州令家时他的心又不平衡了，狗日的梁州令住的是别墅，开的是豪车，吃的是山珍海味，老婆都换了几个，还四处睡女人……如今你狗日的不是村长了，我要废了你，出出气。

武陵春推开村长办公室，梁州令正在收拾东西。

武陵春摸着腰间的刀冷笑着说，"听说你不当村长了？"

梁州令笑着说，"我是不当村长了，我要升官了。一个小小的村官有啥稀罕的，我的理想是要在梦城当大官，"

武陵春一怔，"恭喜你升官！"

梁州令说，"你找我有事？"

武陵春吞吞吐吐说，"没事……有事，就是那王二毛、张大狗背后说要收拾你，你可要注意。"

梁州令笑着说，"他们还说了些啥？"

武陵春说，"他们说你睡了他们的老婆，他们也要睡你的老婆。他们说等你那天喝醉酒后，躲在路边抓住你，然后把你扔在梦城河里喂王八……"

梁州令拍着武陵春的肩说，"好样的，好样的，以后常到我家去汇报情况，我不会亏待你的。以后这个村要搞大开发，大拆迁，发财的机会是很多的。"

武陵春睡了梁州令的老婆后,心里很不踏实,如果她把这事告诉了梁州令,这将如何是好?经过一番痛苦的反省后,武陵春来到了梁州令的家,刚好梁州令老婆一人在。

武陵春跪在梁州令老婆面前说,"我求求你,你千万不要把这事告诉梁州令。"她摸着武陵春的脸笑着说,"你胆子真大,别的男人连看都不敢看我,你竟敢打老娘的注意。他在外边找女人,我为什么不能找男人?只要你把老娘伺候好了,我不但不说,我还想办法让你当村长。"武陵春抱起她狠狠摔在床上,心想日死你这个骚女人,就猛用力用劲,她呻吟着高兴的叫了起来。

武陵春经常去梁州令的家。经过梁州令老婆的枕边风和梁州令的大力引荐,武陵春很快就当上了村长。

武陵春带领村民干了几件事实后,就有一点得意忘形了,他是一村之长,一切都是他说了算,他想怎样就怎样。没事他就在村里逛,一双色眯眯的眼睛就朝小媳妇们身上溜。一天,曹三牛的老婆一人在家,武陵春就抱起她把她压在床上强行给收拾了。武陵春在忐忑不安中度过了几天,见平安无事,他的胆子就越来越大了。

一天,武陵春正在办公室里抽烟时,一位小伙子提着刀冲了进来。

武陵春非常镇静地说,"你先坐下,抽根烟,有啥事,慢慢说。"

小伙子说,"你睡了我老婆,我要杀了你狗日的。"

武陵春大笑了起来,这小伙子多么像年轻时的自己啊。小伙子被他笑声震慑住了,双手不停的颤抖,最后把刀一扔就跑了。

武陵春拿起椅子上的中山装穿上,对着镜子照了照,他摸了摸自己的头发,镜子里的人他感到很陌生,他自语道,"这是我么?我怎么越来越像梁村长了……"

寻找小偷

　　六丑从地上爬了起来，顺手操起水果摊上一把削水果的刀朝那人砍去……没有防备的那人左手腕被砍伤，顿时血流如注。

　　那年春天，六丑夫妇来到了梦城打工，六丑在梦城里做建筑工，他的妻子做清洁工。他们之所以来梦城打工，是因为他的儿子考上了梦城里的一所大学，他们一来可以照顾儿子，二来可以争点钱供儿子上学。

　　放暑假，儿子来到工地一块跟父亲打工。

　　一天，工地的围墙还没有砌好，在工地干抹墙工的六丑难得休息一天。因为不干工，六丑就到附近的早餐店吃早餐。吃完早餐后，六丑又到城堡西路菜市场想买几个包子带回家给妻儿。刚走到菜市场附近，他就看见一名小偷手持一把镊子，对一名买水果的老者行窃。老者站在水果摊前拣水果，根本没有察觉小偷的行为。瞬间的工夫，小偷将老者口袋里的钱夹了出来。

　　平时就"爱管闲事"的六丑想也没想就冲了上去，一把抓住正欲离开的小偷，厉声说道，"你怎么偷人家东西，赶紧把东西还给人家！"

　　小偷得手后还没来得及放到口袋的几十元钱和镊子掉在了地上。

　　"求求你放了我。"小偷可怜的说。

　　"我最讨厌的就是小偷。"六丑平时干的是体力活，一身力气的他将小偷拽倒在地。六丑万万没有想到的是，恼羞成怒的小偷从地上爬了起来,顺手操起水果摊上一把削水果的刀朝六丑砍去……没有防备的六丑左手腕被砍伤,顿时血流如注。

现场上百人袖手旁观无人报警。

六丑被砍伤后,小偷丢下水果刀,大摇大摆逃离现场。现场有上百群众目睹了这一切,但没有一个人出面制止,也没有人帮忙报警,小偷在众目睽睽之下溜走了。

由于血流不止,六丑用右手紧紧掐着左手腕站在那里,一脸痛苦的对摆水果摊的人说,"我没有带手机,求你给我家里打个电话……"

在家里等丈夫买早餐的妻子拿起丈夫的手机一接听,才知道出事了,他赶紧对儿子大声说:"你爸爸出事了……"

儿子跑得飞快,他跑到了父亲出事的地方。见父亲血流不止,儿子赶紧拦了几辆辆车,但司机一看躺在地上满身是血的六丑就把车看走了。儿子跪在地上拦出租车,但没有一辆车停下,而被偷的那名老者悄然离开了现场。

菜市场附近人来人往,几百人围着看热闹,没人上去帮忙。

这时妻子骑着装垃圾的三轮车来了,儿子扶着六丑上车。儿子在前边飞快的骑,妻子在后面推,他们朝医院奔去。

医生为六丑做了手术,他5根手筋被砍断。

一个月后,六丑出院了,他欠了7000多元的债。

工地不要他了,他每天别着一把刀在街上闲逛,他要找那小偷,把他碎尸万段。

六丑失去了工作,六丑已是50多岁了,在老家他只会种地,在梦城城里他依然只会干体力活,如今他的左手废了,想再找工作太难了。妻子每月600元,连儿子的生活费都不够。

眼看开学了,儿子几千元的学费还没着落。

孤独的英雄

六丑喝了点酒，他怀里揣着刀上街去了，他要找那小偷。

六丑坐在街头抽了几根烟，他挤上了公交车，他也不知道自己为啥要上车。

站在他前头的一个老人掏钱买票时，他看见了老人口袋里的好几张百元大钞，那钱还露了半截在外边。六丑想起了儿子的学费，他突然做了一个他自己都没想到的举动，他把手伸向了老人的口袋，就在他接触钱的那一瞬间，他的手缩了回来，他怕被人发现。他看了看四周，有几个人看见了他的举动，但他们都没吱声，见了六丑的目光他们立即躲躲闪闪，目光望着车窗外，好像在说，这不关我的事。他们的举动给了六丑一些勇气，他伸手过去，悄悄把钱抽了出来。到手后，六丑立即下车。

回家后，六丑亲了亲四张大钞，他高兴大笑起来，这手艺比他在工地拼死拼命的干活强多了。

后来，六丑在公交车上屡屡得手。

六丑来到了上次他出事的地方，今天他收获不错，他打算买些水果回去给儿子。站在他前面的一个老人在挑选水果，六丑无意发现了他的钱包，那人穿着一看就是有钱人，六丑就假装买水果，右手持一把镊子，把那买水果的老者钱包夹了出来。

"你怎么偷人家东西，赶紧把东西拿出来！"这是一个人冲了过来，死死地抓着六丑的手。

"少管闲事，滚远点……"六丑一看那人穿着很土，一看就是乡下来的。

那人力气很大，一下把六丑拽倒在地，"走，跟我到派出所去。"

六丑从地上爬了起来，顺手操起水果摊上一把削水果的刀朝那人砍去……没有防备的那人左手腕被砍伤，顿时血流如注。

现场上百人袖手旁观无人报警。

突然，六丑在人群中发现了上次砍伤他的那个小偷，那个小偷向他笑了笑。

六丑望着小偷也笑了笑。

六丑丢下水果刀，大摇大摆地走了。

（原载《微型小说月报》原创版 2015 年第 9 期，《微型小说选刊》转载）

集体主义

吴言苦笑了一下，仿佛才从梦中惊醒，该赢还是该赢？

局长爱打乒乓球，于是单位职工都爱上了打乒乓球。

办公室的马主任是个精明人，他就给局长建议，"为了丰富职工的业余生活，何不组织每年一届的乒乓球活动大赛，一来拉近了领导和群众的关系，二来加强了职工的身体锻炼……"

局长笑嘻嘻的答应了，于是腾出一间宽大的会议室，改为职工活动中心。同时还购买了一系列体育器材，闲暇时间人们纷纷拿起了球拍打乒乓球，于是每年一届的打乒乓球大赛在局长的剪彩中开始了。

每年进入四强的都是局长、书记和两位副局长，而进入决赛的却是局长和书记，最后夺冠的还是局长。局长已是连续 3 年蝉联冠军了。

今年这一届办公室的马主任为了办出特色，体现公平、公正、公开的原则，为了更加刺激和吸引人们参加，马主任忙前忙后，经过组委会讨论，最后决定冠军奖金是 1 万元，亚军是 5000 元，季军

孤独的英雄

（三、四名并列）3000元。奖金方案经过局长默许，算是通过了。

闲暇时间，人们开始了热火朝天的练球。

马主任一边练球一边扬言，"今年一定要打败局长。"马主任当年可是省队的乒乓球主力队员，还获过全运会的第三名，可见他的球技可是一流的。

局长一边接球一边笑嘻嘻的说，"现在大话不要说得太早了，到时再决高低。"

第四届乒乓球大赛终于开始了，经过抽签，局长首轮对阵马主任。在人们的呐喊声中，局长和马主任打的热火朝天，第一局马主任11：8赢了局长，第二局马主任又以11：9赢了局长，就在人们认为马主任肯定会赢时，局长连赢四局，反败为胜。

局长很高兴。

马主任说，"还是局长厉害，我拼了老命都没能赢你，明年我一定要赢你。"

第二场，书记对吴言。在这里简短介绍一下吴言，他今年大学刚毕业，来单位时间不长，还在试用期内。吴言其实是个乒乓球高手，在学校是主力队员。在单位他很文静，话不多，平时也没见他打乒乓球，所以大家还以为他不会大乒乓球呢。

第一局书记发球，吴言扬手一拍就把球打死。很快，吴言以11：0赢了书记。前三局吴言都以11：0赢了书记。中间休息时，马主任提醒吴言说，"难道你想让书记输球么？"

第四局一上场，吴言想着那1万元奖金就愤立拼杀，把马主任的话忘到脑后去了，结果吴言又以11：0赢了书记，吴言赢了书记，四局书记没得一分，全场顿是沸腾了。

书记脸上颜色一阵红一阵白。

吴言是一匹黑马，他一路过五关斩六将，半决赛又把一位副局

第五辑　世相百态

长斩落马下，终于杀入决赛。

决赛对手是局长。

决赛开始前，马主任悄悄地对吴言语重心长地说，"小吴啊，你可不要让局长输球啊，个人利益要以集体利益为重，你自己要掂量一下啊！"

决赛开始了，你来我往，你推我挡，两人打得很精彩，但毕竟吴言技高一筹，很快就以11∶0赢了第一局。吴言一鼓作气，第二局和第三局都打得局长无反手之力，都以11∶0赢了局长。如果吴言再赢一局，就是冠军了。马主任急了，趁中间休息时对吴言说，"难道你真的想让局长输球么？"

吴言苦笑了一下，仿佛才从梦中惊醒，该赢还是该赢？

第四局开始了，吴言出手就犹豫，一犹豫就慢半拍，局长连得11分，局长就以11∶0还其人之道。

马主任坐在一边笑了。

第5局开始了，吴言太想赢了，他想得到那1万元奖金，有了这1万元奖金就可以给乡下的母亲看病了，一想到乡下的母亲，再加上场外的美女脉脉含情地望着他，吴言出手就很重，大力拼杀，结果很快就以11∶0赢了局长，从而吴言以4∶1赢了局长，获得冠军。

全场顿时安静了下来，人们屏住呼吸，目光都投向了局长，局长脸色很难看。

不久，吴言被辞退了。

马主任给大家的解释是吴言工作上没有上进心，自以为是，目中无人，最关键的是不懂得单位的优良传统——集体主义！

不久，单位召开了一个会议，马主任说，通过这次乒乓球比赛我们发现，去年比赛时的高手都淘汰了，有的甚至首轮就淘汰了，

203

孤独的英雄

这说明了一个什么问题呢？说明了领导日理万机，一心扑在工作上，身体状况大不如以前了，所以组委会研究决定，组织他们去西欧考察学习，学习人家先进的管理经验，同时分批组织领导去青岛等地疗养……

最后补充一点，吴言奖金的问题。因吴言被辞退，他已不属于单位职工，所以奖金为零。

红　包

人们每次都把红包塞在狗的口袋里，日久天长，就行成了一种条件反射，如今它口袋里没有红包了，它自然无精打采。

局长的狗突然病了，局长很着急，局长夫人更着急。

局长夫人爱狗如命，这只狗是人家专门从国外买来送她的，据说花了几十万。每天她给狗买最贵的狗食，喂高档奶粉，还给它洗澡和梳理毛发，有时局长晚上不回家，局长夫人就跟狗睡，如今狗生病了，局长夫人急得饭都吃不下了。

局长夫人抱着狗来到市里一家宠物医院，她是这里的常客，自然跟院长也熟了。

院长问，"你的狗怎么呢？"

"这些天，不知为啥，它突然不吃不喝，无精打采的。"

院长摸了摸狗的头，量了量狗的体温，"体温很正常。"

局长夫人说，"那就给它做全身的检查吧。"

院长就给狗抽血化验，做CT，做B超……结果还是正常，院长一边填写病例一边说，"我们该检查的都检查了，一切正常。"

第五辑　世相百态

局长夫人说,"你们这些仪器不会有问题吧?会不会有误差?"

"我们的仪器几乎都是进口的,在全省我们都是最先进的。"

"局长夫人说,"你说它没病,但它一天死气沉沉,吃饭也不好心吃,你看它瘦了许多。"

"你平时都给它吃些啥?"

"给它吃天上飞的,地上跑的,水里游的,喝的全是高档牛奶……"

院长飞快的在病例上记录着,"你狗的名字还是叫'牛漫天'么?"

局长夫人嘿嘿一笑,"不叫牛漫天叫啥?其实我狗的名字叫德比,病例和发票上还是写成我老公的名字'牛漫天',这样好报销。"

院长开玩笑说,"你这只狗,命正好,享受公费医疗。"

局长夫人摸着狗的头得意的说,"你只管看病收钱,管它是公费还是私费,别在外乱讲。"

院长嘿嘿一笑,"言归正传吧,我要对你狗的粪便进行化验,看看食物有没有问题。"

刚好狗拉了一点屎,院长提取了一点,亲自去化验室化验。

过了好半天,化验结果出来了,一切正常。

院长说,"你的狗没啥大的毛病,我给它开些键胃和促消化的药,你先观察几天,如果还是这样,你再来。"

几天后,局长夫人抱着狗又来到宠物医院。

"哎,还是老样子,整天无精打采,吃东西也不好心吃。"

院长又亲自给狗做了全身检查,还是查不出啥毛病。院长摸着狗的头嘿嘿一笑说,"你的小公狗,是不是想'女人'了……"

局长夫人白了他一眼,"老不正经的。"

院长说,"如果男人一但整天想女人,有时就茶饭不思,日渐消瘦,你给它找一个'女人',说不定就治好了它的相思病。"

孤独的英雄

局长夫人说,"看来你们男人都是一个德性,没有一个好东西。"

局长夫人的狗要娶新娘的消息传出后,先后有人送来了十多只狗。局长夫人先对它们一一审查,从出身、外貌、性格等等严格考察,最后挑选了几只优良品种,把这些新娘子送给自己心爱的狗,谁知它对这些新娘子嗅了嗅便远远地躲开了,站在一边嗷嗷大叫,表现出痛苦的样子。

狗依然死气沉沉,无精打采。

局长夫人抱着狗又来到宠物医院。

院长又给狗做了全方位的检查,还是查不出啥毛病。院长摸着狗的豪华外套说,"这一身都是名牌啊!"

局长夫人得意的说,"是啊,德国货。我还打算给它穿皮鞋,穿西服,打领带呢。"

院长忍住了笑,话题一转,"好长时间没见牛局长了,他现在如何呢?"

"别提他了,这段日子自他突然退居二线后,整天无精打采跟我的狗一样。"

"现在是不是上门拜访的人越来越少了?"

"退居二线后,没有一个人来拜访,以前门庭若市,见了我的狗点头哈腰,还给我狗塞红包呢。如今这些势利眼的东西,不来也好,我怪安静了。"

院长望着狗身上的几个口袋一拍大腿说,"我知道了,你狗的病症在哪里了。"

"在哪里?"

"在狗的几个口袋里。"

"口袋里?"

"以前人们去你家拜访时,人们每次都把红包塞在狗的口袋里,日久天长，就行成了一种条件反射，如今它口袋里没有红包了，它自然无精打采。不信，我给你表演一下。"

院长从身上掏出一个刚收到的红包放进了狗的口袋里说，"你注意观察你狗的眼睛，你看它金光闪闪。你再看，它站起来了，精神抖擞，活蹦乱跳……"

院长夫人眼里突然滚出几颗泪珠。

卧　底

这苦肉计演的真好，那辆破车早就想换了，找个"理由"就趁机把那破车处理了，又名正言顺的买了辆新车。

A单位是个小单位，单位虽小，但是个重要的部门，油水很大。

A单位的局长姓牛，真是一位牛局长，在单位一手遮天，独断专行，胡作非为，职工对他总是敢怒而不敢言，背后都叫他牛魔王。

快到年底，牛局长心血来潮召开职工大会，他说，"今年的效益不时太好，所以今年的年终奖照去年来，一般职工500元，科级主任以上是1000元……不知道大家有没有意见？"大会静悄悄，每人敢吱声。这时办公室的马山主任站了出来说，"现在物价不停在上涨，就是工资不见上涨，这点年终奖也太少了吧！你看别的单位一发就是好几千，有的还好几万。"马山主任一带头，会场上顿时沸腾起来。牛局长说，"大家心情我理解，但单位却是有难处啊。"马山说，"单位有难处，但总不能让老百姓不过年吧！你一年少吃几顿饭，少出几次国，省下的钱早就可以解决职工的困难吧。"局长的脸变得难看，会场也顿时安静下来，人们见到了第一位敢跟牛

孤独的英雄

局长抬杠的人，大家目光都盯着马山看，马山生气地说，"看啥看，我今天没喝酒，这个破主任我早就不想当了。没钱，大不了把你的车买了……"会场再次安静下来，时间仿佛凝固了。牛局长坐在主席台上很尴尬，有点下不了台，只好说，"好，我把我的小车卖了，给大家发奖金。"

大家掌声雷动。

牛局长果然把小车卖了，卖得钱全作为奖金发给大家。当地一家报纸还把局长卖小车给职工发福利的事迹作了报道，牛局长一下出了名，受到上级通报表扬。

大家多拿了奖金，心里自然高兴，但大家又为马山担忧，担心牛局长给他穿小鞋。

不久，马山主任一职果然被撤了。撤职后马山没事干，整天腰上别着一个酒壶，在办公室就着花生米喝闷酒。局长见了他也退避三舍，大家心里明白，马主任是为大家的利益才被撤了职的。原先那些对马主任有成见的人也纷纷改变了看法，马山的人缘一下人气聚升，人们没事时都爱聚在他办公室喝酒闲聊，喝到兴奋时马山就开始骂牛局长。马山一开头，大家就纷纷把心里对局长的不满表露出来。

马山听了大家的牢骚后，拍着桌子说，"局长真不是个东西。"

李四就故意说，"别光在背后骂啊，有种就当面去骂。"

马山眼睛一瞪，"你以为我不敢啊，你先去侦察一下，看那鸟人在不？"

李四说，"要去你就去，侦察啥。"

马山提着酒瓶朝局长办公室走去，"狗日的局长，你给我出来。"

马山背后跟了一串人，都缩头缩脑的望着马山的背影偷偷在笑，他们知道一场好戏将上演。

第五辑　世相百态

马山敲了敲门，门没开，马山把酒瓶砸在地上，一脚踢开门，指着牛局长的鼻子说，"牛局长，你这个小人，伪君子……"要不是保安立马赶来，马山就要动手打牛局长了。保安拖走马山，马山就用脚去踢牛局长，隔的太远没踢着，"你这个破局长连个小车都没有，还好意思当局长，你神奇个球。"

牛局长说，"你别得意，冲你这句话，我就买辆小车让你看看。"

马山说，"有种你就去买啊。"

牛局长似乎跟马山叫上了板，他很快买了一辆高档小车，价钱是原先那车的二倍。

单位再次骚动，局长口口声声说没钱，买高档车却有钱。

马山依然每天提着酒瓶在单位闲逛，依然每天骂牛局长不是个东西。牛局长拿他没办法，见了他都远远躲着。

牛局长出差去了，单位职工一下活跃起来，对局长有意见的人聚在一起讨论如何去告牛局长，大家你一言，我一语，纷纷发表意见。李四说，"我们先写匿名信给他上级等部门，说他生活腐化堕落，贪污受贿……"马山说，"嘴说不行啊，得要证据。"李四说，"证据我们慢慢收集。"刘三说，"要啥证据，只要上面派人来查，没问题才怪。"在李四的执笔下，一份状告牛局长长达9页的罪状悄悄诞生了，然后大家一一签名，决定实名告牛局长。马山说，"这事交给我来办，我复印10多份，然后通过邮局寄走。"

第二天，牛局长回来了。当天晚上，马山悄悄来到了牛局长的家里。马山把检举信递给牛局长，牛局长拍了拍马山的肩膀说，"这苦肉计演的真好，那辆破车早就想换了，找个'理由'就趁机把那破车处理了，又名正言顺的买了辆新车。辛苦你了，他们做梦都没想到你是我的卧底。哈哈"

孤独的英雄

不是我放的屁

局长的话像个炸雷在我头上爆炸，我浑身颤抖，吓得我屁股尿流，"咚"的一声我放了一个响屁，我不知道我是怎么离开局长办公室的，我失魂落魄的走在街上，脑子里一片空白，这时一辆车朝我飞来……

局长因贪污东窗事发被关进大牢，新局长很快就上任了。

俗话说，新官上任三把火。新局长上任快二个月了，一点动静都没有，一切都安原先的模式按部就班进行着，人们也不知新局长葫芦里卖的是啥药。

只到第三个月，局长才召开了全体职工大会，这次会议人们已盼望了很久，可以说是一次非常重要的会议，人们早早就去会议室了。局长端着茶杯走进会场，会场顿时响起了掌声。局长坐下后环视了一下会场，轻咳了两下就开始点名，当点到我时，我站起来说了声"到"，话音刚落，坐在我身旁的雷鸣"咚"的放了一个响屁，这个响屁来得太突然了，会场顿时静了下来。随即笑声一片，人们都把目光对准了我，就连坐在我身边的雷鸣也望着我笑，人们都以为这屁是我放的，因为我在单位平时爱放屁，人们私下里就给我起了一个绰号叫"屁仙"，如今我跳到黄河也洗不清了。局长把目光也投向我，我感到那目光的异样和寒冷，我底下了头。

大会因一个响屁中断了十几分钟，随后局长在大会上讲了些啥，我几乎都没听进去，我只听见单位要大力改革，我一直勾着头，恨死了雷鸣。

第五辑 世相百态

下班后我回到家，我把下午开会的事说给了老婆听，老婆说，第一印象非常重要，明天去给局长解释清楚，不然他还以为这屁是你放的，故意出他的洋相，你不解释清楚，今后你就没有出头之日……我急出一身冷汗，如热锅上的蚂蚁在屋里转来转去。晚上我一夜无眠，我在考虑明天给局长怎么去解释。

第二天早晨我来到办公室，人们正在议论这次单位改革方案，让一部分人内退，一些人下岗，说到底是精兵简政。我一听，心里顿时七上八下的，如果我下岗了，孩子的学费、生活费怎么办？我感到了问题的严重性。

我抓住雷鸣的手朝外拖，"走，到局长办公室去，我不能背黑锅。"

雷鸣说，"哥们，饶了我吧！不就是一个屁吗？人人都要放屁，有啥大惊小怪的。"

我板着脸说，"你放的不是时候，人们都以为是我放的，局长会认为我在大厅广众之下放屁是没有教养的、是对他的不藐视……你今天当着局长的面必须解释清楚，还我一个清白。"

雷鸣推开我说，"你说是我放的，证据呢？法律是讲证据的。你脑子是不是有病。"

我气愤地骂了一句，雷鸣冲上来说，"你骂谁？有种的再骂一句？"要不是同事过来拉开我们，我们差点打了起来。

我寒颤颤来到局长办公室门前，局长好像在里边打电话，我把耳朵贴到门前听了一下，里面好像有个女的，说话声音好熟，仔细一听原来是单位里最漂亮的美女阿娇，是进还是不进，我犹豫着，这是局长开门送阿娇，看见了贼眉鼠眼的我，有点不高兴的说，"要进就敲门，怎么像个贼一样，找我有事？"

局长不高兴，我就一下紧张起来，原先准备好的话现在一句都想不起来了，我吞吞吐吐的说，"没事，我顺便路过你门前。"

孤独的英雄

　　回到办公室，我越想越严重。每天我都在忐忑不安和痛苦中煎熬，吃不香，睡不好，转眼间我瘦了许多。工作上也几次出错，还被通报批评。这个"屁"像个千斤巨石压在我胸口，现在必须要把这巨石问题解决了我才能一身轻松投如工作。想来想去，我决定还是要当着局长的面解释清楚，不能让局长对我留下坏印象。

　　第二天，我理了发，穿上新西服，来到了局长办公室门前，举手敲门时我听到了局长在打电话，好像在说这次改革的问题，初步打算让谁内退，让谁下岗，声音越来越小，我听不清就把耳朵贴在门缝上，我最关心的是下岗人员中有没有我。这时，门突然开了，我一个趔趄冲了进去，把局长撞倒在沙发上。

　　"对不起！对不起！"我扶起局长，额上冒冷汗。

　　"吓死我了，我还以为遇见了恐怖份子呢。"局长也擦着额头的汗。

　　"这次来没别的事，就是关于上次开会的事，当你点到我时，我答应了一声，这时突然一个响屁扰乱了会场，其实这屁不是我放的，是雷鸣放的……"

　　局长冷着脸说，"就这事？"我说，"就这事！局长，你要还我一个清白啊！"

　　局长说，"你这人没有一点魄力，尽在小事上纠缠，我原本想提拔你为办公室主任一职，最后我们决定提拔雷鸣为办公室主任，这个决定马上就会公布。"

　　我明白了还是那个响屁破坏了我在局长心目中的形象，所以局长才把办公室主任的位子交给雷鸣，我激动的抓住局长的手说，"这屁真的不是我放的……"

　　局长说，"我还有事，我要到厅里去开会。"

　　局长下了逐客令，我紧紧抓住他的手，"这屁真的不是我放的！！！你要还我一个清白！！！……"

局长推开我的手大声说，"你这人烦不烦，是不是脑子有病！"

局长的话像个炸雷在我头上爆炸，我浑身颤抖，吓得我屁股尿流，"咚"的一声我放了一个响屁，我不知道我是怎么离开局长办公室的，我失魂落魄的走在街上，脑子里一片空白，这时一辆车朝我飞来，我什么都不知道了……

发　财

当"神经病"几个字传入张三的耳朵里时，张三精神一下崩溃了。他孤单地走在街上，感到内心非常痛苦，他走进一家诊所，掏出钱包里捡来的那张 50 元钱买了安眠药。

张三有一个漂亮的钱包，钱包是儿子从美国给他买的。

张三每次发工资都要如数上交给老婆大人，所以张三的钱包经常空空如也，但张三每天都把钱包装在身上显眼的地方以满足自己的虚荣心。

一天，张三逛街时捡了 50 元钱，他高兴地把钱展开，然后放进了自己的钱包。捡了钱的张三心情很好，他来到环城公园闲逛了一阵，然后才回家，走到半路时，他一摸口袋大吃一惊，钱包不见了。他又沿原路来到了环城公园，找了好半天才从草丛中发现了自己的钱包，他打开一看，50 元钱还在，他长嘘了一口气，心里的石头总算落地了。

就在张三捡起自己的钱包时恰好被同事李四看见了，李四说："见者有份。"张三笑了笑说："是我自己的钱包，对不起我先走了。"

孤独的英雄

张三是个车迷，恰好儿子刚买了一辆宝马车，儿子和儿媳又到国外度蜜月去了，第二天上班，张三开着宝马车来到了单位。单位顿时轰动起来，人们都来看张三的车，李四摸了又摸，意味深长地说："狗日的，你发大财了。"

张三笑了笑，不吱声。

李四是个长嘴舌，人们都知道了张三发财的秘密是捡了那个钱包。至于钱的多少，有几种说法，一种说法是钱包里装了好多美元和一张几百万的现金支票，还有一种说法是钱包里装了很多黄金珠宝和一张彩票，张三拿着这张彩票中了500万。

人们见了张三都嚷着要请客，但张三的钱包里只有50元钱，他说，"请客总有一个理由吧！"

人们就说张三装糊涂，真是财不外露。

张三说，等我发了财，我一定请你们。

人们便知趣的走了，背后都叫张三为吝啬鬼。

渐渐地人们慢慢地疏远了张三，人们都用怪怪的眼光看他。

年终考核，人们都投了张三一票为不合格，张三就被安排在办公室搞内勤，每天扫地、提水。在单位张三的资历是最老的，50多岁的人被安排搞内勤，并且还被一位比他年轻10岁的主任使唤来使唤去，张三心里很不舒服，总感觉低人一等，心里不免有种自卑感受，慢慢地张三性格变得内向了，整天沉默寡言，做事也丢三拉四。

评职称时，张三把自己的材料上报了上去，但结果是全单位该评的都评上了，唯独张三的副高没被评上。张三就气呼呼地去找头儿，头儿板着脸说，全单位的人对你都有意见，你连本职工作都干不好，怎么能评上副高呢！我劝你还是早点内退算了吧！

张三气呼呼地退了出来，气得大病一场。

病愈后，张三变得更加沉默寡言了，整天板着脸，见谁都不理。

李四私下里对人们说，张三得了神经病，看来意外之财不能得。人们对张三观察一番后，一致认为张三脑子有病。

后来人们见了张三都纷纷躲开了，张三变得更加孤独和寂寞了。

当"神经病"几个字传入张三的耳朵里时，张三精神一下崩溃了。他孤单地走在街上，感到内心非常痛苦，他走进一家诊所，掏出钱包里捡来的那张50元钱买了安眠药。张三回家后躺在床上然后把安眠药全部吃了下去。

第二天，张三永远地睡着了。

飞来横财

此后每个月月初，我的卡上就多出10万。第10个月的时候，也就是朝我卡上打钱累计100万的时候，我接到一个陌生人的电话——

那天，我去银行自动取款机取款时，卡上突然多出了10万元钱。我不假思索的从柜台上把钱全部取了出来，然后存如另一家银行。

回家后，我一直在想，我一介平民，谁会把钱打在我的卡上呢？是父母？但我转念一想，不可能，他们哪来这么多钱，何况他们还不知我的卡号。是亲朋好友，根本不可能，他们都是铁公鸡，他们凭啥给我汇钱呢？想来想去，想不明白。我在忐忑不安中度过了一个月，并没有人来找麻烦。

第二个月，我又去银行查询时，这次我又大吃一惊，卡上又多出10万元。我向上次一样全部取了出来存入另一家银行。

谁把钱打在我的卡上呢？每天我都在想这个问题，经过我苦苦

孤独的英雄

思索后，我认为是他们把卡号搞错了，朝卡上打钱的人，我想一是大款之类的人，比喻他们想走后门想办事想揽工程……如某某为揽工程送给某领导几佰万。二是政府官员之类的人，为了升官发财，他们就送礼送人民币，以便得到提拔重用，我经常在报上看到某某卖官，某某贪污受贿几佰、几千万。根据我的推理，他们要行贿的那个人不是一般的人，一定是个有职有权的人，是一个贪官。

第3个月，我卡上又多了10万元。

我脸不红心不跳的把钱取了出来。这是贪官的钱，不用白不用，就是他们发现了，他们也不敢向我索要，只好吃哑巴亏。我很快把钱挥霍一空，有钱的日子就是好。

此后每个月月初，我的卡上就多出10万。我也曾想到银行把这张卡注销，我怕引起麻烦来，但我又经不住金钱的诱惑，当初我不明白那些贪官贪了几千万还要贪，贪那么多的钱一辈子能用完吗？现在我明白了他们为啥贪了还贪，何况我这点钱跟那些贪官相比简直是毛毛雨。

第10个月的时候，也就是朝我卡上打钱累计100万的时候，我接到一个陌生人的电话，他说，你就是向迁。我说是。他说今晚8点在钟楼酒店518包间见。我问你是谁？对方就挂了电话。

我预感到不妙，想来想去，我决定还是赴"红门宴"。

我准时推开了518房，房间只有一人，桌上的凉菜已摆好，那人戴着墨镜，但我感觉那人有点面熟，好像在哪见过。那人非常客气的说，你来了，请坐！你还记得吗，一年前我们见过面。我坐在他身边仔细看了他一眼，我想起来了：一年前，我在钟楼遇见一个人，那人虽然带着墨镜但我感觉他还是非常像我，我望了他一眼，他望了我一眼，当时我心里暗暗吃惊，世上真有这么巧的事，除非是双胞胎，但我是独子，我很快推翻了我的想法。

第五辑 世相百态

我拐进一家酒吧，他也跟着进来坐在我对面。我望着他一笑，他望着我也一笑。我去卫生间回来时，他说，这是你的信用卡吧，我刚捡到的。我说，是的，谢谢你。他说了声不用谢，然后就走了。如今没想到，我们又见面了。

我说，你找我有啥事？

那人嘿嘿一笑，你是不是有张卡，卡号我就不说了。

我一怔，我不知道你在胡说些啥？

那人嘿嘿一笑，养兵前日，用兵一日。如今我出了点事，需要一个替身，而你长得非常像我，我提前给你的100万，算是辛苦费。如果你不同意，你现在就把100万还给我，你想想吧！

我站起身来转身欲走，100万我已花完了，我决定豁出去了，死活不承认有这会事。

我拉开门时，两个彪形大汉拦住了我……